発情上司と同居中！

Nana & Takayuki

藍川せりか

Serika Aikawa

Eternity

EB

エタニティ文庫

目次

発情上司と同居中！

プロローグ

誰にでも、人に言えない秘密が一つくらいあると思う。

私、伊藤菜々《いとうなな》は、週末一人で家にこもって海外の恋愛ドラマを見るのが密《ひそ》かな趣味だ。

そうして、自分に足りないトキメキをチャージしている。

ドラマに出てくる長身のイケメン。セレブで、ヒロインに一途な彼らに胸を高鳴らせ、寝不足になるのもいとわない。

ドラマを見ている間、ヒロインになりきって、全力で愛されるのだ。

あ、今、だいぶ痛い人だと思ったでしょ。

そうなんです。私は、二十五年間彼氏ができたことのない未だ新品女子。軽くこじらせている自覚はある。

でもいいよね。他の人に迷惑かけていないし。

友達ならそこそこにいて、仕事も真面目に頑張っている。離れて暮らす両親に仕送りもちゃんとしているし、コンビニのレジ横にある募金箱に寄付だってしている。

清く、正しく、美しく……はないかもしれないけど、それなりに自立した成人女性を演じているのだから、一人のときくらいは好きなことをしたい。

他には、お給料日に新しくできたお店へ行って、美味《おい》しいご飯を食べることも決めている。

友達と一緒のこともあるけれど、ほとんどは一人。

おひとりさまだって全然気にしない。職業柄、事前に店員さんと仲よくなっていることが多いせいか、充分楽しめる。

というのも、私は大手酒造メーカーＦＲＥＳＨ＆ＥＸＣＩＴＩＮＧのブランド戦略部に所属しており、しょっちゅういろいろな飲食店に行って自社製品を売り込んだり、自社のお酒の人気をチェックしたりする。その過程で、飲食店の人たちと仲よくなるのだ。

担当しているのは、強炭酸が売りになっている『Ｐｕｎｃｈ』という名前のストロング系の酎ハイ。

去年発売した、まだまだ認知度の低いこの商品を、いかに売っていくか考えるのが仕事だ。

加えて、パッケージデザインや広告宣伝、販促プロモーションのプランニングなど、やることは多岐にわたる。

そんなふうにやり甲斐《がい》のある仕事をこなす私は、今年、二十五歳になった。

毎日充実しているものの恋愛方面は地味そのもので、未だに新品……もとい、ヴァージン。当然、恋愛経験自体も少ない。

海外ドラマの中の恋に憧れて、「あんなふうに告白されたらいいな」とか「あんなふうに愛されたい」とか想像して楽しんでいるけれど、現実には恋人すらいないのだ。

でも一応……好きな人はいる。

相手は、直属の上司である桐谷貴之《きりたにたかゆき》さん、三十歳。

長身かつ顔よし頭よしのイケメンで、いつもキラキラオーラを放つステキな人。

仕事も完璧で、部下たちにも慕われ、真面目で優しい。

女性社員たちからの人気は絶大。密《ひそ》かにファンクラブがあるという噂が聞こえてくるくらいだ。

でも桐谷さんは、女性社員からどんなに熱烈にアプローチをされても紳士的にかわし、全く相手にしない。ものすごい美女が言い寄っても完全スルーだ。

可愛い系、清楚《せいそ》系、綺麗系、セクシー系、熟女系……たくさんの女性がトライしたけれど、全滅だった。

――なぜ……？

理由はわからないけれど、あれだけレベルの高い女性に言い寄られても断るんだから、私には全く可能性がない。

だって私は何もかも普通で、とくにコレといって長《た》けているものがないからだ。

そんな平凡女子がハードルの高すぎる男性に恋をして、早一年が経った。誰にも言うことなく想いを胸の内に秘めてきたけど、そろそろ限界を感じている。

桐谷さんに優しくされるたび、胸が苦しい。好きっていう感情が暴れ出して、もう口から零《こぼ》れそうになっている。

――いつか伝えられたらいいな。いや、伝えなきゃ。

桐谷さんにアタックして玉砕した人たちと同じ結果になることは目に見えているけど、気持ちを伝えるだけならいいよね。

何もせずに諦めるなんて嫌だから、できることはやり尽くしたい。

……なんて、そんなことを思っていた。

なのに彼に、まさかあんな秘密があるなんて――

1

株式会社FRESH＆EXCITING、ブランド戦略部第1グループ新商品ブランド担当。そう長々とした部署名が書かれた社員証を首からかけ、私は会社の廊下を歩いていた。

「伊藤さん！」

突然、背後から名前を呼ばれる。足を止め振り返ると、私の片想いの人――桐谷貴之部長がこちらに向かってきていた。

「桐谷さん。お疲れさまです！」

「これ、ありがとう。早めに提出してくれて助かる」

桐谷さんの手には、私が作成した新商品開発会議の資料がある。

それは彼から昨日依頼されたものだ。早めに仕上げてくれと言われたので、優先的に作業して今朝メールで送信しておいた。

「お役に立てたなら、よかったです」

「伊藤さんはいつも仕事が早くて丁寧だから助かるよ」

「いえいえ、そんなことはないですよ」

私は焦《あせ》って胸の前で手を振った。愛《いと》しの桐谷さんからお願いされたから、つい頑張っちゃったんだ。期待に応《こた》えたくて、彼との仕事はいつも力が入る。

それに桐谷さんは私の努力に気がついて、こうして褒めてくれるのだ。それが嬉しくて、私はますます頑張ってしまう。

――私は、忠犬みたいに桐谷さんに尽くす、恋する乙女なのです。

そんな私に、桐谷さんは優しく微笑《ほほえ》んだ。

「いつも頑張ってくれているし、今度うまいものをごちそうするよ」

「ええっ、いいんですか？」

「ああ、いいよ。好きなものを食べさせてあげる」

「わぁ！　ありがとうございます、楽しみにしています」

こうして部下を喜ばせてやる気にさせるところがまたステキだ。

彼の手のひらの上で踊らされているのかもしれないけど、それでもいいと思えるスマートさ。容姿だけじゃなく、人として尊敬できるところがいっぱいで、本当に尊《とうと》い。

ただ、桐谷さんはみんなに平等に優しいのだ。私にだけ特別ってわけではない。こうして度々、食事に誘ってくれるけど、いつも部署のみんなと一緒で、期待したようなことは何も起こらなかった。

それでもいいんだ。同じ部署だから一緒にいられる時間は長いし、毎日彼と一緒に働けることがすごく幸せ。

もっとも彼は明日、有休をとっているので会えないのだけれど……

それを思い出し、少しテンションが下がった。

「──そういえば桐谷さん、明日はお休みなんですね？」

「そうなんだ、悪いな」

桐谷さんは月に一度、必ず一日だけ有休をとる。

毎月同じ日っていうわけではなく、曜日も日にちもバラバラなのだけど、その休みの日だけは連絡がつかないと言われている。

うちの会社はプレミアムフライデーも取り入れている、福利厚生のしっかりした企業で、有給休暇を積極的にとらせてくれるので、桐谷さんだけ特別ってわけではない。けれど、彼の休みの取り方が珍しいので、私はなんとなく気になっていた。

たとえば私の場合は少しずつ取るのではなく、連休にまとまった休みをくっつけて超大型連休にしていた。他の社員も似た感じだ。だけど桐谷さんは月に一日だけ、しかも土日にくっつけようとするわけでもない。なんでだろう……

少し考え込んでいると、桐谷さんが心配そうに私の顔をのぞき込んだ。慌てて顔を上げると、彼が話しはじめる。

「何か都合でも悪かったか？」

「いいえ、大丈夫です。明日いらっしゃらないんだなーと思っただけですので。頼れる部長がいないと、ちょっと不安だなって……」

私は急いで答えた。

これは誤魔化しとかじゃなくて本気で思っている。

何かトラブルが起きたとき、桐谷さんは迅速に的確な指示をくれる。そんな絶対的な信頼をおいている上司が不在となると、どうしても心細くなってしまう。

「伊藤さんは、人を喜ばせるようなことを言ってくれるね。お世辞でもそう言ってもらえると嬉しいよ」

「お世辞じゃありません、心からそう思っています」

そう言うと、桐谷さんは私の頭をポンッと撫《な》でてくれた。

「ありがとう」

――わぁぁーっ！　何、その爽《さわ》やかなスマイルは！　格好よすぎて失神しそう！

興奮で声を上げそうになるのを、ぐっと堪《こら》える。自然に緩《ゆる》んでくる顔を必死で引き締めて、私も彼に笑顔を向けた。

「明日はゆっくり休んでくださいね」

「ああ、ありがとう」

そう笑顔で応《こた》え、このあと会議があるということで、桐谷さんは去っていった。

今日この瞬間だけで、今後一ヵ月分の運を使い果たしたかもしれない。まさか桐谷さんに頭を撫《な》でられるなんて！

——桐谷さんの手、大きかったなぁ……

男らしくて綺麗な指を思い出し、惚《ほ》れ惚《ぼ》れとしてしまう。

自分の席に戻ったあとも、何度もそのシーンを思い出して夢心地《ゆめごこち》で過ごしているうちに、あっという間に退勤時刻となった。

残業を少ししたものの、ある程度仕事に目途《めど》がついたところで、私はパソコンの電源を落として帰宅準備をする。まだ残っている社員たちに挨拶《あいさつ》をし、フロアを後にした。

今日はまだ週半ばだし、明日に備《そな》えて早く帰ろう。

今日の晩御飯と、明日のお弁当のおかずの材料を買うべく、マンションの近くにあるスーパーへ足を運ぶ。

自分だけが食べるので凝《こ》った料理は作らないけれど、晩御飯とお弁当両方に使えるものにしよう。今日の特売品を見ながら材料を選び、会計が終わると自宅マンションへ直行した。

するとマンションの前に数台の消防車が停まり、散光式警光灯を点灯させ周囲を赤く照らしているのが目に入った。

――ええ？　火事……？

野次馬なんてよくないが、私の住むマンションの近くだし――なんて思いながら、近づいていく。

マンションの入り口の前には、数人の警察官と消防士が立っていた。

――あれ……？　もう消火活動は終わっているみたいだけど、やけに騒がしい気が……

周りには人だかりができており、焦《こ》げ臭いにおいが周辺を包んでいる。

その人だかりをかき分けてマンションの前に立つと、見慣れたマンションが黒焦《くろこ》げになっていた。私は呆気にとられて、呟《つぶや》く。

「嘘でしょ……何コレ？」

目の前の光景が信じられなくて、頭の中が真っ白だ。

――これって……火事だよね？　まさか、うちのマンションが火事になったの？　こんなの信じられない！　っていうか、信じたくない!!　こんなことが起きるなんて不運すぎない？

何かの間違いであってほしいと願うだけで、全然思考が回らない。

状況を受け入れられず、現実逃避をしながらぼんやりマンションを見上げていると、近くにいた警察官に声をかけられた。

「あの、こちらの住人の方ですか？」

「あ、はい……そうです。301号室の伊藤です」

「301号室！　よかった、無事だったんですね」

「あの、私、今帰ったばっかりで……これってどういう状況なんですか？」

警察官に質問すると、彼は状況を説明し始めた。

「隣で火災が起きまして、その火がこのマンションに移ったんですよ。今、住人の安否確認をしていたのですが、伊藤さんと連絡がつかないので心配していたんです」

「えええーーっ」

うわーん、これは夢じゃないんだ。

仕事で疲れて帰ってきて、これはないんじゃない？　桐谷さんの頭ポンッで運を使い果たしたにしても、あり得ない。

だって建物は見事に全焼していて、マンションはどこもかしこも真《ま》っ黒焦《くろこ》げ。

ってことは私の部屋にあったものは全部燃えているということだ。

——酷《ひど》すぎませんか、神様……

「終わった……」

私は手に持っていたスーパーの袋を地面に落とす。

茫然自失《ぼうぜんじしつ》の私を警察官が励ましてくれたけど、途方に暮れる。

そのうえ、消火活動は終了しているとはいえ、しばらくマンションは立ち入り禁止になるらしい。一旦どこかに避難願えますか、と言われてしまった。

ずっとここにいても何も始まらないから、休める場所に移動しなければ。そう思い、ふらふらとした足取りで歩き出す。おそらくこのマンションには二度と住めないだろう。

「はぁ……突然家を失うなんてある？」

こんなことが起きるとは、全く想像していなかった。

しかも先月マンションの火災保険の更新手続きが来ていたのに、忙しくて放置していたから何も補償が出ない。

テレビもパソコンも、お気に入りの海外ドラマのＤＶＤも全部失ってしまった。

初の一人暮らしでインテリアにはこだわっていたし、ベッドだって日々の疲れを癒《いや》すために奮発して高級ブランドのマットレスを買ったばかりなのに！

冬のボーナス全額を費《つい》やしたものが燃えてしまったなんて、立ち直れないほどショックだ。

――わぁぁーっ、悲しすぎる！

今日は桐谷さんに頭を撫《な》でられて、すっごくいい日だったのに、こんなどんでん返しが起こるとは……。

今にも泣き出しそうになりながら、これから過ごせる場所を探した。

とにかく今日寝るところを確保しなければならない。

最寄りのビジネスホテルに問い合わせるが、あいにくいっぱいで入れなかった。そのうえ、別のところを探そうとネットで検索していると、スマホの充電が切れてしまう。

――え……？　あれ？

真っ暗になったまま、全く動かないスマホ。

数年使用している私のスマホのバッテリーは、もう寿命みたいで、すぐに電池が減る。型が古くて合うタイプのモバイルバッテリーを見かけることはほとんどないし、充電器はマンションにあったので、燃えてしまったに違いない。

――うわぁ、ますます追い詰められる！

こんなときに連絡手段がないなんて不便この上ない。

仲のいい友達は全員離れたところに住んでいる。気軽に行けるような距離でもないし、スマホが使えないから連絡もとれないという状況だ。

急に訪ねて「来ちゃった、テヘ」なんて言ったら迷惑だろうし……

真っ暗になってしまったディスプレイを眺めて深いため息をついたあと、私はとりあえずインターネットカフェに行こうと歩き出した。

――はぁ。お腹もすいたし、家もないし……。散々だ。

もう一度桐谷さんに頭を撫《な》でられたことを思い出して、落ち込んでいた気持ちを少し浮上させる。

桐谷さんは私の心の支えだ。こんな悲しいときでも、彼を思い出すと心が穏やかになるのが不思議。これぞ恋のチカラだな。

先程の黒焦《くろこ》げになったマンションの映像を、爽《さわ》やかな桐谷さんの笑顔で追いやる。

駅の近くのインターネットカフェに入ると、大学生くらいの男子がフロントに立っていた。

「いらっしゃいませ～」

こういう場所に来るのは初めてなので、どういうシステムになっているのか一通り説明してもらう。

「どれくらいの時間ご利用になる予定ですか？」

「え、えーっと……」

現在夜の九時。

明日も仕事だし、朝の六時まではここにいたい。そんな長居できるのかと不安になったけれど、幸い朝までここを利用できるプランがあるという。

「じゃあ、そのナイトパックでお願いできますか？」

「わかりました。では会員登録をさせていただきますので、本人確認のできるものはありますか？」

「あ、はい」

免許証など本人と確認できる書類の提出が求められた。

あいにく私は運転免許証を取得していないので、こういうときは健康保険証を提示することにしている。

バッグの中に手を入れて財布を探した。

けれど、財布を取り出しカードケースを見ると、いつも保険証を入れているところに何も入っていない。

――あれ……？　ない。おかしいな、いつもここに入れているのに……あ！

そういえば会社でとある手続きに必要だと言われ、総務課に渡したんだった。

その後返却してもらったのだが、財布を出すのが面倒でデスクの上に置きっぱなしにしたまま忘れてきた。

「あの……本人と確認できるものがないと、会員になれませんよね……？」

「そうですね。必ず必要になっています」

「ですよね……」

まさかの撃沈。

こんな日に限って保険証を持っていないなんて運が悪すぎる！

後ろには入店手続きを待っている人が並んでいる。これ以上粘っていても状況は変わらないので、会員になれない私は大人しく退店することにした。

「はぁ……もう、最悪だな……」

とことんツイていなくて泣けてくる。こんなに立て続けによくないことが起こると、いつも前向きな私でも、さすがに落ち込んできた。

「うう……これからどうすればいいの……？」

ネットカフェが入っていたビルの入り口でぐすぐすと泣いていたら、通りすがりの人に心配されてしまった。私より年上らしい綺麗な女性が、ハンカチを差し出してくれる。おかげで少しだけ元気が出た。

こうしていても何も始まらない。とりあえず歩き出そう。

一つずつ問題を解決していくのだ。まず会社に一旦戻って保険証を持ってくるしかない。

可能なら、事情を話して会社に泊まらせてもらおうか？　やむを得ない理由なのだから、一日くらい泊めてくれるかもしれない。

来客用のソファは、ごろんと寝転ぶことのできる大きさなので、難なく寝られそうだ。

私はぐすぐすと鼻をすすりながら今まで来た道を引き返し、もう一度会社に向かうことにした。

会社に残っている人は、少なかった。別部署の人は何人か見かけたけれど、うちのフロアには誰一人おらず、真っ暗だ。

照明のスイッチを押して、自分のデスクに向かうと保険証を探す。

「あった」

やはりパソコンの隣に置いていた。私は保険証を手に取って財布の中にしまい込む。

——はぁ、今からどうしよう。もう一度戻ってインターネットカフェで朝まで過ごすか、ここにいるか。

朝まで会社にいていいか許可を取りたいけれど、私の知っている上層部の人なんてとっくに帰ってしまっていた。他の誰に許可を取ればいいかわからない。

ふと、こんなときに彼氏がいたらな、と感じる。

彼氏がいたら、「家に帰れなくなったの」と事情を話して泊めてもらうことができたはず。そして、疲れ切った心を癒《いや》し、優しく慰《なぐさ》めてくれたかもしれない。

彼氏の家にお泊まりなんて、憧れのシチュエーションだ。お揃《そろ》いのパジャマを着て、一緒のベッドで眠って、彼の寝顔を眺めたりなんかしちゃって……

こんな悲惨な状況なのに、私は彼氏がいたらという妄想を繰り広げて興奮していた。

憧れのシチュエーションはいつだって胸をときめかせてくれる。

一通り妄想を繰り広げたあと現実に戻ると、深いため息を漏らした。

「はぁ……お腹すいた」

先程スーパーで買ったものは材料ばかりで、すぐに食べられそうなものがない。

空腹のせいもあって力が出ないし、何もしたくなくなる。

もう一度インターネットカフェへ戻る元気もなくなってきた私は、自分のデスクに突っ伏して眠ることにした。

――早く明日になってくれないかな。

今日の出来事を話したら、みんな驚くに違いない。

朝のつかみとしては抜群のネタだと自嘲《じちょう》して目を閉じた。


「……おい、……おいっ」

「……へ？」

誰かに肩を揺らされ、私は夢の中から現実に引き戻された。

あまりにもぐっすりと眠っていたせいで、ここがどこで、今何時なのか全くわからず混乱する。

――えっ、もう朝⁉

勢いよく体を起こして周囲を見渡すと、そこは煌々《こうこう》と灯りのついたブランド戦略部のフロアだった。

周囲のデスクには誰も座っておらず、窓から見える空は真っ暗だ。

「あれ……？」

「あれ、じゃない。伊藤さん、なんでこんな時間に会社にいるんだ？　もう十一時を回っているぞ」

私を呼ぶ声の主を見上げると、そこには桐谷さんが立っていた。

センスのいいネクタイをきゅっと締めているいつもの姿の彼ではなく、ノーネクタイで胸元のボタンを外したラフな雰囲気。常とは違う彼にドキドキする。

「え……っ、桐谷さん……なぜここに？」

「こっちが質問しているんだけど？　まさかこんな時間まで残業していたんじゃないだろうな？」

うちの会社は毎月の残業時間を制限していて、不要な残業はせずなるべく早く退社するようにという社風だ。

こんな遅い時間まで残っていると、必然的に上司に注意される。

「いいえ、残業じゃなく……ここに泊まろうかと」

「は……っ？　どうして？」

「え、えーっと……」

「女性が会社に一人で宿泊するなんて、一体どういうことだ？」

私は桐谷さんに問い詰められる。

確かにこんなことをしようとする人なんて、ごく稀《まれ》だと思う。

私は自宅マンションが火災にあって行くところがないのだ、と説明した。

「友達に電話しようにも遅い時間ですし、何よりスマホの電源が落ちてしまって連絡先がわからなくて」

「ご両親は？」

「両親は早期退職をしていて、離島に引っ越しちゃったのでこの近くに住んでいないんです」

私の親はとても仲がよく、早期退職した父は母と一緒に人口の少ない離島で自給自足生活を楽しんでいる。

一度だけその新しい実家に足を運んだことがあるけれど、小屋のような簡易な家でのサバイバル生活に圧倒された。「私にはこんな生活絶対できない……！」と愕然《がくぜん》となったのを覚えている。

そういうわけで、実家はないに等しい。

「不躾《ぶしつけ》で悪いんだけど、付き合っている人は？」

「いません」

「……そうなんだ……」

恋人はいないと私が答えると、桐谷さんは口角を少し上げて、ニヒルな笑みを浮かべた。その表情がゾクリとするほど色っぽくて驚く。

普段の彼は決してこういう表情をしない。どちらかというと硬派な印象の人だ。優しいけど、女性社員とは一定の距離を保っていて、うわついた話は一切しない。

仕事中はもちろん、飲み会の席でもだ。

「……伊藤さん、彼氏いないの、どれくらい？」

それなのに、今日は妙に掘り下げてくる。

しかもさっきよりも距離が縮まってきていて顔が近い。

こんな近距離で桐谷さんを見たのは初めて……。均整のとれた涼し気な顔が、私をまっすぐ見つめている。

しかし、なんでこんなことを聞いてくるんだろう。もしかして元カレのところに泊まれないかと考えているのかな？

「え、っと……今まで、一度も……」

「え？　……ホントに？」

「はい。残念ながら、本当なんです……」

――もしかして引かれた？　誰とも付き合ったことがないなんて、女性としての魅力がない証拠……だよね。

残念な女子だと思われたんじゃないか、どこにも泊めてもらえそうな場所がなくて厄介だと感じたんじゃないか、と落ち込んでいると、意外にも桐谷さんは笑みを深めた。

「ふーん、そうなんだ。ごめんね、いろいろ聞いてしまって。男性に慣れていない感じはしていたけど、まさか誰とも付き合ったことがないとは思わなくて。いいね、そういうの」

——いいの？　こういうの。

二十五歳にもなって誰とも付き合った経験がないって、コンプレックスを抱いているのだけど。褒めてもらえるなんて思ってもいなかった。

桐谷さんにそう言ってもらえるなら、今まで恋人がいなくてよかった。

「……それで、行くところがないから、会社に泊まろうと考えたの？」

「はい。インターネットカフェに行くのも面倒で……このままここで寝ちゃえって……」

「女性なのに不用心だな。何かあったらどうするつもり？」

会社は安全な場所だ。事件になるようなことは起こらないはずだけど……不思議に思っていると、桐谷さんが呆れた顔で私を見つめた。

「襲われたらどうしよう、とか思わない？」

「あはは、そんな大げさですよ。私、誰からもそんな対象に見られていません」

「……はぁ」

桐谷さんの質問に即答すると、彼はため息をついて胸の前で腕を組んだ。

「女性なんだから、気をつけないとダメだろ。対象に見られていないなんて、君が勝手にそう思い込んでいるだけだ」

「……そうなんでしょうか？」

「そうだ」

だったら一度くらい恋人ができたっていいのに、と悲しく思う。

でも、こうして桐谷さんに女性として心配してもらえたのは、嬉しい。桐谷さんの目には一応、私も女性として映っていたということだから。

「ありがとうございます。気をつけます」

「伊藤さんって本当に危なっかしい。自覚がないとこうだから困る」

「え？　今、なんて……」

「なんでもない」

桐谷さんの声が小さくて聞き逃してしまった。

とにかく今日は散々な一日だったけど、こうして終わりにまた彼とお話ができて、よかった。

「――それにしても、桐谷さんはどうしてここに？」

「たまたま会社の前を通りかかったら、こんな時間なのに、うちのフロアに灯りが点いているのが目に入ったんだ。気になって来てみたら伊藤さんがいた」

「そうなんですか……すみません」

明日休みを取っているというのに、余計な手間をかけさせてしまって申し訳ない。私は、反省して頭を下げる。

「私は大丈夫ですので、お疲れさまです。気をつけて帰ってくださいね」

「いやいや、伊藤さんを残して帰れないだろ」

「私は本当に大丈夫ですから、気にせず帰ってください。電車もなくなってしまいますよ」

置いて帰れない、大丈夫です、のやり取りを何往復か繰り返したあと、桐谷さんは痺《しび》れを切らしたようで、私の手首を掴《つか》んだ。

「あぁ、もう！　俺の家に来い」

――えっ。今、なんて……？

「俺の家はここからそんなに遠くないし、泊めてやれるスペースもある」

桐谷さんの言葉を聞いて、私の胸が急に大きく鳴り出した。

――嘘でしょ？

桐谷さんにそんなことを言ってもらえるなんて信じられない。これは夢？　それとも私の妄想……？

だってあの桐谷さんだよ？

女性社員を全く寄せ付けないことで有名な部長、桐谷貴之さんだ。

それにしても、「俺の家に来い」だなんて、ステキな響き。

いつも優しくて紳士的な桐谷さんに似つかわしくない、強引さを感じさせる。この一言だけで腰が砕けて歩けなくなりそう。

「行くぞ」

彼のギャップにドキドキしていると、ぐいっと引っ張られる。私は立ち上がった勢いでそのまま歩き出し、あれよあれよという間にタクシーに乗り込んでいた。

「いや、あの……ですね、私……」

トキメキのあまり、ぼうっとしていたけれど、桐谷さんの家にお邪魔するなんて申し訳ない。

こんな時間だし、明日は休暇を取られているのに。休日の前の夜っていったら、一番テンションの上がるときじゃない。

その楽しい時間を私のせいで奪ってしまうなんて……と恐縮してしまう。

それに、彼女とかいたりしないのかな？

毎月休むくらいだし、恋人と過ごしているのではないかと勝手に想像していた。

「まさか男の家に行くのも初めて？」

「……はい」

あ、まただ。隣に座っている桐谷さんは、彼氏がいないと言ったときと同じ表情をした。暗くてよく見えないけれど、色っぽいのに何か悪巧《わるだく》みをしているような笑顔。

――そんな顔を見たら、ドキドキが止まらないよ。

いつもの桐谷さんじゃないみたいだ……。勤務時間外だから、そう思うだけ？

妙に色っぽいっていうか、エロ度が増しているっていうか……とにかく格好いいことに変わりはないんだけど。

さっきから、胸が壊れそうなほど高鳴っている。

まずい、断る気がなくなってきた。本音を言えば、彼の家に行ってみたい。

――桐谷さんの家ってどんな感じなんだろう？

そもそも男の人の家というものに足を踏み入れたことがないので、わからない。海外ドラマやネットで見たことがあるくらいだ。

貧しい想像力であれこれ想像して胸を躍らせている途中、ふと我に返る。

――ん？　こんな時間に男の人の家に行っていいものなのかな？　夜に男女が部屋に二人きりって、何か起こるシチュエーションだよね？

あー、でも相手は桐谷さんだ。

部下に手を出すなんてあり得ない、真面目な人。そもそも、あれほどたくさんの女性社員に告白されても相手にしない人が、毎日顔を合わせる私に手を出すはずがない。

「着いたよ」

いろいろ考えているうちに、桐谷さんのマンションの前に到着していた。タクシーを降りると、目の前にはオシャレなデザイナーズマンションがそびえ建っている。

「うわぁ……オシャレ……」

「俺の友達がデザインしたマンションで、去年の冬に引っ越してきたんだ」

「すごいお友達ですね……！」

新築のようで、外観も内装もとても綺麗だ。外壁はコンクリートの打ちっぱなしで、エントランスはガラス張りになっている。

夜中に押し問答するのも気が引けて、私は促《うなが》されるまま桐谷さんの家に入った。

部屋の中は、さすがデザイナーズマンションと言いたくなるようなハイセンスな家具が置かれている。しかも、利便性を兼《か》ね備《そな》えていた。

「桐谷さんのおうち、広いですね……」

「ここ、ファミリー向けみたいだからね。一人にしては広いよな。仲のいい奴に頼まれたから、買ったんだ」

なんて友達思いなんだろう。桐谷さん、ステキ……！

すっきりと片付いている部屋を見渡す。モテ要素がありすぎて戸惑《とまど》ってしまう。

もともと格好いいし男性としての魅力が溢《あふ》れている人なのに、こんな部屋に住んでいるなんてモテに拍車がかかってしまう。

恐ろしいほどに高嶺《たかね》の花であることを再確認した私は、桐谷さんのほうに目を向けた。

ばっちりと目が合う。

「手に持っている野菜、冷蔵庫に入れる？」

「あ……はい！」

桐谷さんにスーパーの袋を手渡すと、大きな冷蔵庫の中に収納してくれた。それを見ていたせいか、私のお腹が凄《すさ》まじい音を立てて鳴る。

「……ふふっ。お腹すいてるの？」

「あ、……はは。何も食べていなくて」

「いろいろ大変だったもんな。適当に作るから待ってて」

――えっ！　いや、そんなの悪いです！

そう思いながらも、口には出せない。「私のために料理してくれるんですか、桐谷さんの手料理食べたい！」という正直な気持ちが湧いてきてアタフタと焦《あせ》る。

あわわわ、と立ち尽くしている間に、手際よく料理が行われ、ダイニングテーブルの上にフレッシュサラダとトマトクリームパスタが並んでしまった。

「わぁぁーっ、すごく美味《おい》しそう！」

「家にあるもので作っただけだから、あまり期待しないで」

「すごいです、桐谷さん！」

料理もできるとは、知らなかった。こんな一面を知ることができて嬉しいのと同時に、目の前に並ぶ料理に感動する。これを食べてもいいなんて、幸せすぎる～っ。

「どうぞ、召し上がれ」

「では、遠慮なく……いただきます！」

私はついがっついてしまった。

お皿や盛り付けも完璧だし、もちろん味もお店で食べるものみたいに美味《おい》しい。

格好よくて料理もできるなんて、桐谷さんはどこまでもパーフェクトな人なんだ。

「誰かにご飯を作ってもらえるなんて、すごく幸せですね。嬉しい、美味《おい》しいーっ」

「大げさだな」

「大げさじゃないですよ。本当のことです」

一人暮らしだと、自分で用意をしなければ食事は出てこない。お母さんのありがたみを実感する日々だったけれど、こうして好きな人に作ってもらえるなんて……本当に夢のよう。

私は、あっという間に完食してしまった。

「ごちそうさまでした、とても美味《おい》しかったです！」

「いい食べっぷりだったな」

残すなんていう選択肢はないので、全部平らげた。

大食いだと思われちゃったかな、と不安に思っていると、桐谷さんが私のほうに近づいてきた。

「……ついてる」

「え……？」

桐谷さんの指が私の唇に触れる。

じっと見つめられたまま形を確かめるように指先でなぞられ、私の体が震えた。

右側の口角についていたソースを拭《ぬぐ》ってくれたようで、指はすぐに離れ、にこっと微《ほほ》笑《え》みかけられる。

――キスされるのかと思った。

誘うみたいな色っぽい表情でじっと見つめられて、私は動けなかった。

いつもの桐谷さんからは想像ができないくらい、大人の色気が溢《あふ》れる意味深な瞳に、期待しそうになる。

つい勘違いしたくなる自分に、それは間違いだと言い聞かせているうちに、桐谷さんは私から離れた。

「じゃあ、部屋の案内をするよ」

「……はい」

リビングダイニングに、桐谷さんの部屋、それからバスルーム、洗面所。トイレや寝室を見て回る。中に空き部屋が一つあった。

「マンションが火事になったってことは、しばらく住むところがないってこと?」

「……まぁ、そうなりますね……」

どれだけ急いだとしても、次の部屋を探すまでには数日はかかる。

両親に保証人になってもらう場合は、離島に書類を送らなければならない。それを返送してもらって……と計算していると、桐谷さんが話を続けた。

「――うちに住めば?」

「え……?」

――えーーっ!!

一瞬、彼の言葉が理解できなくて固まる。しばらくして意味がわかると、驚きのあまり腰を抜かしそうになった。

今、さらっと言ったけど、桐谷さん、私にここに住んでいいよって言ってくれた?

まさかね、聞き間違いだよね。

聞き返す前に、もう一度同じ言葉が聞こえてくる。

「部屋が見つかるまで……いや、探さなくていい。ルームシェアしよう」

「えええええっ!」

――ルームシェア⁉

ルームシェアって、一緒に住むってことだよね？　私と桐谷さんが、ここで一緒に住むの？　同じ屋根の下で生活するってこと？

うっそだぁ、桐谷さんからそんなことを言われるなんて、現実では起こらない。火事のショックで気が動転していて、私、現実と妄想の境目がわからなくなっちゃったんだ。女性に対してものすごく分厚い壁を築いている桐谷さんが、一緒に住もうなんて言うわけないもん。

やだなぁ、私ったら。

「――伊藤さん、聞いてる？」

「へぇっ⁉」

「その反応は、聞いてないな。この家、ファミリー向けってのもあって部屋が余っているし、正直、持て余しているんだよ。広いぶん家事に手を取られるし、ちょうど一緒に住んでくれる人を探そうとしていたんだ」

桐谷さんは、にっこりと笑った。

「伊藤さんって毎日お弁当を作ってきているよね。いつ見ても美味《おい》しそうなものを詰めているし、料理上手でしょ。デスク周りもいつも整理整頓しているから掃除も得意だよね」

まさかお弁当の中身を見られていたとは、恥ずかしくなる。前の日の夕食の残りものを詰めているだけなのに。

事態についていけていない私を置いて、桐谷さんは話を続ける。

「伊藤さんがいてくれると助かるんだけど——上司と住むのは嫌？」

彼がすがるような目で見てきた。そんな表情もやっぱり色気が溢《あふ》れていて……

「そんなことは全くないです！　けど、一緒に住むのは、いろいろとご迷惑になります し……悪いかなって」

私は焦《あせ》って答えた。

——嫌なわけないじゃないですか！

私は桐谷さんのことが好きで、毎日会社で顔を合わせるだけで嬉しいのに、家に帰っても桐谷さんに会えるなんて、この上ない幸せだ。

こんなに幸せなことが起きていいのって、いいことずくめで逆に怖くなるくらい。

よくドラマや恋愛小説で「私……幸せすぎて怖いの」って言っているヒロインがいるけれど、その気持ちが今ならよくわかる。

「俺は迷惑じゃないよ。むしろ一緒に住んで家事を分担してくれたら、すごく楽になって嬉しいんだけど」

「う……」

桐谷さんはぐいぐいと迫ってきて、私は壁際に追いやられた。逃げ場を失った私は、近づいてくる桐谷さんに胸の高鳴りを抑えきれなくなってしまう。

「ダメかな？」

「いえ……そんなことは……」

「じゃあ、いいよね？」

これ以上近づかれたら、キスしてしまうんじゃないかというほど間近で尋ねられ、私はこくこくこくと何度も頷いて承諾した。

――今日の桐谷さん、いつもより強引じゃない？

こんな人だったっけ？　それともプライベートではこんな感じなのかな？

「よろしく、伊藤さん」

「……はい、よろしくお願いします」

こうして私と桐谷さんはルームシェアをすることになった。

いつも会社で顔を合わせている上司、しかも好きな人と一緒に住めるなんて、世の中何が起こるかわからない。

捨てる神あれば拾う神あり、とはよく言ったものだ。

それから再び部屋の説明をしてくれたあと、桐谷さんはなぜか用事があるからとマンションを出ていった。

「はぁぁぁ！」

誰もいなくなった部屋で蹲《うずくま》り、私は声を漏らす。

本人がいなくなったとはいえ、ここは桐谷さんの家だ。

どこを見てもプライベートな空間で、いつもこの部屋で彼が過ごしているのだと思うと落ち着かない。

「どうしよう、本人もだけど部屋もステキすぎる。ここで朝まで過ごすなんて、私どうにかなってしまいそう……」

あまりの興奮で鼻血が出るんじゃないかと心配になったので、落ち着こうと深呼吸をする。

それにしても、桐谷さんは、どうして私を同居人に選んでくれたんだろう？

――もしかして、もしかして！　実は脈ありだったりして？

『伊藤さん、実は俺、前から君のこと……』

背景にバラを背負《せお》った桐谷さんが私に向かって告白しているシーンを思い浮かべて、私は「きゃぁぁ」と声を上げながら顔を両手で覆った。

けれど次の瞬間、現実に戻る。

「ないない、それは絶対にない」

不慮の事故にあった私は、よほど悲壮感を漂《ただよ》わせていたに違いない。優しい彼は、私に同情したのだろう。

自分でもこれはないんじゃないと思うくらい、不幸な出来事に見舞われているもん。

あぁ、でも、私のことをほんの少しでもよく思って、この同居話を出してくれていたのだとしたら、すごく嬉しいのに。

桐谷さんに釣り合うような女性じゃないとわかっているものの、淡い期待に胸を弾《はず》ませる。

――ちょっとだけ妄想して喜ぶくらいなら、許されるよね……？

ところで明日が休みとはいえ、桐谷さんはどこに出かけたのだろう。

部下ではあるものの、赤の他人に近い私一人を部屋に残してどこかに行ってしまうなんて、よほど大事な用事なのだろう。

そんなことを考えていたらなかなか興奮が醒《さ》めず、気がつけば深夜一時を回っていた。

そろそろ寝ないと明日の仕事に影響が出そうだ。

とにかく寝る準備をしないといけないので、お風呂を借りることにした。桐谷さんの普段使っているボディソープを借りて、ドキドキしながら入浴を済ませる。

そして、恐れ多いと思いつつ、桐谷さんの部屋へ向かった。

今日は桐谷さんのベッドを使うよう言われている。綺麗に整えられたベッドの上に乗ると、柔軟剤のいい香りがした。

「ひーん。桐谷さんのベッドだよーっ」

毎日ここで寝ているんだよね？　このお布団を使っているんだよね⁉

ああ、もう……眠れるかな。好きな人のベッドで眠るなんて、緊張する。

ドキドキしながら布団の中に入って、深呼吸した。

ああ、気のせいか空気まで美味《おい》しい……。恋愛経験ゼロのこじらせ女子なので、こんな残念な思考の私を、どうかお許しください。

私は神様に謝って、目を瞑《つむ》った。


――翌朝。目を覚ましても桐谷さんの姿はなかった。

桐谷さん、まだ帰ってきていないんだ……

寂しいけれど、私を泊めるために気を使っての外泊かもしれない。感謝しなければ。

絶対に寝られないと思っていたのに、昨夜はベッドに入ってすぐに寝てしまった。ふかふかの羽毛布団に包まれた心地いい眠りだ。

桐谷さんに抱かれた気分……なんてうっとりしながら壁かけ時計を見ると、予想以上に時間が過ぎている。

「やばっ！　急がないと」

私は急いで出勤の準備に取りかかった。昨日と同じスーツで出勤することになるけれど、仕方ない。

今日、仕事が終わったあとに何着かスーツを買いにいこう。それから携帯電話も機種変更したほうがいいかもしれない。いろいろと揃《そろ》えないと。

失《な》くしたものは多いけれど、心機一転、一から始めよう。

くよくよしたって仕方がない。

火事のおかげで桐谷さんと一緒に住めることになってラッキーなんだと前向きに捉《とら》えることにした。


その日の夜、昨晩渡されていた合鍵を使って桐谷さんの家に帰ると、玄関に彼の靴が並んでいた。

――桐谷さん帰っているんだ。よかった。

「ただいま戻りました……」

「おかえり」

玄関から廊下を進むとリビングに繋がっている。桐谷さんは、そのリビングにある大きなソファに座り、メガネをかけて読書をしていた。

ラフな感じの私服を着ていて、いつもと全然雰囲気が違う。

またしてもギャップにドキドキしていると、桐谷さんは文庫本を閉じて立ち上がった。

「昨夜は強引に家に連れ込んでしまってすまない」

「え……。いや、そんな。こちらこそ、ご迷惑じゃなかったですか？　いきなりお邪魔してしまって……」

「いや。それについては全く問題ない」

――あれ？　今日は普段の桐谷さんっぽい。

会社にいるときと同じ距離感で話をしてくれていて、やはり昨夜の彼はいつもと違ったのだと思わせた。

聞かなかったけど、お酒を飲んでいたのかもしれない。酔っていたからあんなふうに積極的というか、強引な感じだったのかも。そう考えていると、桐谷さんが言いづらそうに口を開く。

「ルームシェアをお願いした件だけど――」

その言葉に、私は身構えた。

――やっぱり、なかったことにしてくれって言われる？

「承諾してくれていたが、本当にいいのか？」

「え……。あ、はい。私は……大丈夫です……が……」

「しかし俺と住むということは、その……男と住むということで……不便なことはないのか？」

私に不便なこと……？

それが具体的にどういうことかわからないのですぐに返事ができない。すると、続けて桐谷さんが話す。

「たとえば……誤解されたら困る相手がいるとか」

遠まわしに言ってくれているみたいだけど、要は好きな人がいないのか聞きたいのだろう。現在彼氏がいなくても、そういう人ができたときに、桐谷さんの家に住んでいると知られて困らないのかと、心配してくれているみたいだ。

「大丈夫です！　昨日も言いましたが、私、彼氏いませんから。誤解されて困るような人もいません」

胸を張って言うことでもないんだけど、本当のことだ。好きな人はいるものの、それは目の前にいる桐谷さんだから、誤解される心配はない。

「……そうか。ならいいんだ……」

「私のことより、桐谷さんこそ本当にいいんですか？　恋人はいらっしゃらないんですか？　私がここに住んで大丈夫なんでしょうか」

「ああ、大丈夫だ。俺もそういう相手はいない」

それを聞いて、私はホッとした。

――よかった、彼女いないんだ。

だからといって、私に可能性があるってことでもないけれど、恋人の存在を桐谷さんの口から告げられたら、相当ショックを受けるだろう。

「男女で一緒に住むってことは、それなりに気を使い合わないといけないけど、それでも大丈夫？」

「あの……絶対にご迷惑をかけないようにします」

「あ、いや、俺に気を使ってくれってことじゃないんだ。そうじゃなくて、風呂とかトイレとか共同だから大丈夫か心配で。嫌じゃないならいいんだけど……」

「私は大丈夫です、気になりません」

結構気にしてくれているんだな、と嬉しくなる。

「なら、よかった。恋人でも友達でもない。俺たちは上司と部下だ。でも家に帰ってまで気を使い合っていたら疲れてしまうだろう。伊藤さんが過ごしやすいように二人でルールを決めよう」

「はい！」

そして、私たちは様々なことを話し合った。

この家は二人のものと考え、生活費を出し合う。

家にいるときは上司と部下ではなく、よって敬語じゃなくてもいい。もっとも、これはさすがにできそうになかった。ただ、そういうふうに言ってもらえたことが、距離が縮まったみたいで嬉しい。

その他、基本的に食事は個々でとることにするが、時間が合うときは一緒に食べる。それぞれ自分の部屋を設けて、互いの部屋には入らないようにする。もし入室するときは、相手がいるときで、なおかつ許可を取ってからにすること。

入浴は時間がかぶらないよう、毎日私が早めに入る。

そんな感じで細部までルールを決めて、心地よく共同生活を送れるよう協力し合うことになった。

桐谷さんとは仕事上の付き合いが長いし、いつも彼を見ているから大体の性格は把握しているつもりだ。

だから上手くいくような気がする。

「じゃあ、今日からよろしく」

「はい、こちらこそ。よろしくお願いします」

今日から本当に二人の生活が始まる。

——会社には内緒のルームシェア。

緊張するけれど、誰よりも好きな人の近くにいられるのだから頑張ろう。私はそう誓った。

2

私、伊藤菜々は同じ部署の上司である桐谷貴之さんとルームシェアをしています！

彼と住みはじめて、かれこれ二ヵ月が経過した。最初は憧れの上司との同居に緊張しまくっていたのだけど、少しずつ慣れてきている。

もちろん、妄想していたようなハプニングなど起きず、いたって健全な同居だ。

「おはよう」

「おはようございます」

朝の支度をある程度終わらせてリビングに向かうと、すでに桐谷さんがいた。

彼に寝起き姿を見せたくない私は、リビングに向かうときにはメイクを済ませてスーツを着て、いつでも出社できる格好になっている。

朝は一緒に食事をとることが多く、たいてい私より早く起きている桐谷さんが、私のぶんまで作ってくれた。

今日テーブルに並べられているのは、このマンションの近くにあるサンドイッチ専門店のハムサンドだ。サラダと目玉焼きを添えてある。

そして桐谷さんが作ってくれたビシソワーズまで出てきた。

最高の朝食に、私は目を輝かせる。

「わぁ～っ、ビシソワーズだ！　嬉しい」

「この前作ったとき喜んでいたから、また作っておいたんだ」

「ありがとうございます！　いただきまーす」

朝から元気な私は、桐谷さんが作ってくれたものを、喜びながらあっという間に完食する。一方、桐谷さんは私の向かい側に座り、新聞を読みつつコーヒーを飲んでいた。

家事を分担する同居人として私が抜擢《ばってき》されたはずだったのに、蓋《ふた》を開けてみると、食事はほぼ桐谷さんが作ってくれている。

一緒に住まわせてもらって、ご飯まで用意してもらうなんて、私、どれだけ甘やかされているんだろう。

申し訳ないから自分もやると言うたびに、「美味《おい》しそうに食べてくれるから、つい作ってしまうんだ。食べてくれると嬉しい」なんて言う、彼のイケメンっぷりにやられる。

――あぁ、桐谷さんのこと、ますます好きになってしまう……。

私は心を落ち着けて、彼に話しかけた。

「――桐谷さん、明日はお休みの日ですよね」

「ああ」

相変わらず月に一度、有休を取っている桐谷さん。

先月も、先々月も、その日は前の晩から外泊して、朝になっても帰ってこなかった。

今日も、きっとそうなのだろう。

「今日は仕事が終わったあと、そのまま行くところがあるから帰らないつもりだ」

「そうですか、わかりました」

「戸締りをしっかりするように」

「はい」

彼が毎月決まって外泊するので、どんな用事なのか気になっている。

恋人はいないっていっていたけど、やっぱりいるんじゃないかな?

恋人じゃないとしても、一晩過ごすような相手がいるのかもしれない。

真相はわからないけど毎月この日が来ると、私は少し落ち込んだ。別の部屋で過ごしているとはいえ、同じ屋根の下に桐谷さんがいないのは寂しい。

でも、ただの同居人、ただの部下がプライベートを詮索《せんさく》するわけにはいかないので、私は追及ができないでいた。

「……はぁ」

昼休みの終わり。早めにランチを終えた私は、情報管理部からもらった顧客アンケートの資料を見つめながら、自分の席で深いため息をついた。

ため息の理由は、私が担当している新商品Ｐｕｎｃｈの感想についてではない。桐谷さんの外泊についてだ。

するると、後ろから話しかけられる。

「伊藤さん、どうしたの。ため息なんかついちゃって」

「あ、鈴村《すずむら》さん。お疲れさまです」

鈴村浩史《ひろし》さんは同じ部署の先輩で、後輩の面倒をよく見てくれる頼りになる人だ。明朗快活《めいろうかいかつ》で、裏表のないまっすぐな性格をしている。とても接しやすくてなんでも相談できるので、みんなのお兄ちゃん的存在だ。

「なんでもないですよ。Ｐｕｎｃｈの売り上げ、もっと伸びないかなーと思って」

想い人である桐谷さんが月に一度外泊することを気にしているのだとは言えず、私は仕事の話にすり替える。

彼と一緒に住んでいるなんて絶対にバレてはいけない。

「じゃあさ、イベントでも企画してみたら？　僕が担当している酎ハイがリニューアルしたとき、商業施設の特設会場でイベントしたんだけど、結構いい反応で話題になったんだ」

自分の経験した話を交えながら過去のイベントの資料を貸してくれ、鈴村さんは私のためにあれこれとアドバイスをくれた。

軽く口にしただけの悩みだったのに、とても親切に対応してくれてありがたい。

仕事中に好きな人のことを考えていたことを反省した私は、鈴村さんにお礼を言った。

「アドバイスありがとうございます。参考にしますね」

「うん。……ねぇ、伊藤さん」

「はい」

なぜか急に空気が変わる。鈴村さんは私のことをじっと見つめて、目を離さなかった。

「なんか最近、雰囲気変わったよね？」

「……そうですか？」

「うん。前まで絶対着なかったような服装になったし、メイクとか変えた？」

言われてみればそうかもしれない。

火事で家財道具を失った私は、全てを一から買い直した。

その際、桐谷さんがスーツや私服、化粧品や身の回りのものまで一緒に選んでくれたのだ。

私では絶対に選ばないであろう洋服をチョイスされ、今まで考えもしなかった自分に似合うものに気づいた。

改めて注意して見ると、桐谷さんはいつもハイセンスなスーツを着ているし、小物遣いも上手い。部屋のインテリアもオシャレだし、そういうセンスがある人なのだと感心した。

私が変わったとしたら、それは桐谷さんのおかげだ。

「住んでたマンションが火事になっちゃって、身の回りのものを全部買い直したので、それででしょうか？」

「それだけかな？　なんだろ……今までと全然違うように見える」

「本当ですか？」

――桐谷さんと過ごして、毎日ドキドキしているから女性ホルモンが分泌されているのかも⁉　なんて、そんなことはないか。

でも桐谷さんと住むようになって、今までとは比べものにならないほど女子らしくなっている気が、自分でもする。常に好きな人の視線を意識して、少しでも綺麗に見られたいと努力するようになった。

「彼氏ができたとか？」

「いえいえ。いませんよ、そんな人」

「そうなの⁉　伊藤さん、彼氏いないの⁉」

「……はい」

今日はやけに質問攻めにしてくるなと思っていると、鈴村さんが突然私の椅子を半回転させた。私の体が彼のほうに向く。

「ど、どうしたんですか⁉」

鈴村さんが正面からまっすぐ私を見つめる。何ごとだろうと驚いているうちに、彼はいつになく真剣な態度で話し始めた。

「伊藤さん、僕……君のことが好きだ」

「へっ⁉」

「彼氏がいないのなら、僕と付き合ってほしい」

鈴村さんの言葉に驚きすぎて、どうしていいかわからない。

――二十五年間生きてきて初めて男性に告白をされた！　信じられない！

この状況を把握するまでに、しばらく時間がかかってしまった。

「伊藤さん？」

「え……っ、あ……はい。あの――」

動揺で、なんと返事していいのか思いつかなかった。

桐谷さんが好きだから、もちろん私にこの告白を受け入れるつもりはない。

でも会社の先輩からこんなにストレートに告白された場合、どういうふうに断りを入れればいいものなのか。頭の中を整理しつつ言葉を選ぶ。

「あの、私――」

とにかく断ろうとした途端、同僚たちが一斉にランチから帰ってきた。一気に周囲が騒がしくなる。そしてその集団の中に桐谷さんを見つけた。

グレーのスーツに身を包んだ桐谷さん。いつ見ても格好いい。彼に誤解されたくなくて、鈴村さんとの距離をとる。

ごめんなさい、お付き合いはできません、と素直に伝えたいけれど、こんなに人がいるところで言うことはできないだろう。これは折を見て返事をしようと考える。

ところが、鈴村さんは私から視線を上げて、周囲をぐるりと見渡した。

「あの！　皆さん、すみません」

鈴村さんの声に、部の人たちの視線が集まる。

「少し時間をもらっていいですか」

――え……？　鈴村さん、急にどうしちゃったの？

なんだか嫌な予感がする。まさかね。私の杞憂《きゆう》にすぎないよね。

心をざわつかせながら、目の前の鈴村さんを見ていると、彼は一つ深呼吸をしてから話し出した。

「僕、伊藤さんに告白しました！」

――えええーっ!!　それ、大々的に言っちゃう!?

嫌な予感が的中してしまった。

鈴村さんって前からこういうところがある。素直というか正直すぎるというか、なんでも隠し事をせずにみんなと共有するのだ。

それにしても、仕事上のことならまだしも、こんなデリケートなことまで宣言します⁉

慌てる私をよそに、同僚たちからは「ヒュー」「やるねー」「よっ！」みたいな合いの手が飛び交う。

いやいや、そんなノリいらないんですってば。

よりによって桐谷さんの前でこんなことになるなんて、どうしたらいいの？

鈴村さんはまだ話し続けている。

「でもまだ返事はもらってないんです。伊藤さん、ピュアな人だから男性にも慣れていないみたいで……。しっかり距離を縮めて恋人になれるように頑張るんで、皆さん協力お願いします」

周りは祝福ムードで、どこからか拍手まで聞こえた。

私は顔面蒼白になっているはずだ。アニメだったら顔に縦の線がいくつも入っているに違いない。

これが好きな人にされたのなら、すごく嬉しい出来事だ。

こんなふうに堂々と社内で宣言するなんて、「男らしく、ちゃんと私のことを想ってくれているんだ、キュン！」とか思うかも。

でも私的には、桐谷さんに勘違いされて、ただでさえ外れている彼の眼中からさらに外れてしまうのではないかと、気が気でない。下手をすると、同居がおしまいになる。

――どうするの、私。

でもここで「鈴村さんのことは好きじゃないんです！」と言ってしまうと彼を傷つけることになる。

茫然《ぼうぜん》と鈴村さんの背中を見つめていると、不意に彼がくるっと振り返った。満面の笑みをうかべている彼と目が合う。

「伊藤さんのこと他の人にとられたくないから、宣言させてもらった。ごめんね」

「い……いえ……？」

あとの祭りとはこのこと。今さら私にはどうすることもできない。うう……

「今日、仕事終わりに食事に行こう。僕たち、もっとお互いのことを知るべきだと思うんだ」

鈴村さんは走り出したら止まらないタイプだ。仕事でもよく巻き添えに遭《あ》う。悪い人じゃないんだけど。

「え……えーっと……」

なんて言おう？　友達と約束があるって言う？　体調が悪いって言う？　それとも思

い切って食事に行って、そこできちんと断る？

　どうするのが一番いいの……？

　返答に頭を悩ませていると、私たちの傍《そば》に桐谷さんがやってきた。

「悪い、鈴村くん。今日伊藤さんは、俺と先約があるんだ」

「え……？」

「……あ、いや……。今度Ｐｕｎｃｈの販促のための試飲企画があって、その打ち合わせだ」

「――そうなんですね。わかりました」

　桐谷さんのおかげで、鈴村さんはあっさりと引きさがってくれた。もちろん桐谷さんと約束なんてしていない、明日は桐谷さんの休暇の日なので残業もしないつもりだっただろう。

　私が困っているところを見かねて助けてくれたんだと察した。

「じゃあ、また改めて誘うよ」

　前向きな鈴村さんは、とても爽《さわ》やかな笑顔を振りまいて、自分のデスクへ戻っていく。

「……はぁ」

　なんでこんなことになっちゃったんだろう。桐谷さんの目の前で『伊藤さんに告白しました！』なんて宣言されたうえ、周りは「付き合っちゃえ」みたいな雰囲気だ。

私は桐谷さんのことが好きなのに……

でもそんなことを言って、桐谷さんに迷惑をかけるわけにはいかない。

この状況をどうやって打破すればいいか考えているけれど、恋愛経験が乏《とぼ》しい私には
これ以上ない難題だ。

すると、桐谷さんに心配そうに話しかけられる。

「伊藤さん、大丈夫？」

「桐谷さん……フォローしていただき、ありがとうございます」

「いや、いいんだ。というか、伊藤さんが困っているように見えたから、先約があるなんて言ってしまったけど、大丈夫だった？　もしかして、鈴村くんと食事に行きたかったんじゃない？」

桐谷さんはかすかに眉根を寄せた。

「いいえ、助かりました。私、鈴村さんのこと、好きとかそういうのじゃなくて……」

「だよな。好きな人いないって言っていたもんな」

「え？　ええ……まぁ」

いないなんて言ってない。好きな人はいるの。でもそれは目の前にいるあなたなのです。

「とにかく今日は形だけ残業しようか。時間は大丈夫？」

そうすれば鈴村さんの誘いを回避した理由が嘘ではなくなる、と桐谷さんは提案して

くれた。

「でも……桐谷さん、明日はお休みで、今日はお出かけされる予定だったじゃないですか。予定があるのに申し訳ないです。私なら大丈夫ですから」

「大した用事じゃないから気にしなくていいよ。こちらのほうが深刻な事態だろう」

「桐谷さん……」

――優しい！　優しすぎるよーっ。いつもこんなふうに助けてくれるから、桐谷さんのことを好きになる気持ちが止められなくなるんだ。

ああ、私、今絶対目がハートになっている。好きな気持ちが溢《あふ》れて爆発しちゃいそう。

「じゃあ、またあとで」

「はい……！」

断る間を与えず、桐谷さんは自分のデスクに戻った。

――そして、夜。

鈴村さんと同僚たちの目を誤魔化すために、私は桐谷さんと小会議室に入り、二人きりで過ごしていた。もちろん仕事の話し合いをして、決めなければいけなかった案件をまとめる。

けれど時刻が二十時をまわったころ、少しずつ桐谷さんの様子がおかしくなってきたことに気がついた。

「……はぁ」

ときおりつかれる熱のこもったため息が、悩ましげで色っぽい。

ネクタイが苦しいと言って、ボタンを一つ外した襟元《えりもと》。そして、何か言いたげにじっと見つめてくる瞳。なのに目が合うと逸《そ》らされた。

やっぱり今夜は、何か大事な用があったんじゃないかな。気になるのに行けなくて、彼はこんな態度になっているのかもしれない。

「あの……そろそろ切り上げましょうか」

「そうだな。もう大丈夫かもしれないな」

「私のせいで長い時間とってしまってすみません。今からお出かけしてください。私はこのまま先に帰りますので」

「いや、でも……」

こんな時間ならもう鈴村さんは帰っているだろう。間に合うのなら当初の予定通り、桐谷さんがしたかったことをしてもらいたい。

私たちは退社準備を済ませてエントランスに向かった。けれど、待合スペースに鈴村さんの姿を見つける。

「わ……っ⁉」

私たちは急いで引き返して、柱の陰に隠れた。

「鈴村さん、いますね……」

私はがっくりと肩を落として、これからどうやってかわそうか考える。

「ちっ……。アイツ、なかなかやるな」

不意に桐谷さんがぼそっと呟《つぶや》いた。

――ん？　桐谷さん……今、舌打ちした？

いつも礼儀正しくて、言葉遣いも丁寧な彼からかけ離れた口調に驚く。

舌打ちなんていいイメージがないのに、桐谷さんがすると妙に色っぽくて驚くほど格好いい。

はぁ、と気怠《けだる》そうにため息をつく姿にも心をくすぐられた。

「お前のこと、本気で狙ってるみたいだ。面倒なことになったな」

「すみません……」

「謝るな、お前は悪くないだろ」

「……は、はい」

――お前って言われたー！

お前呼びって、嫌な人が多いみたいだけど、私は憧れていた。急にそんなふうに呼ばれて、鈴村さんを見かけたときとは違う意味でドキドキしちゃうーっ。

なんで、突然？　桐谷さん、どうしてそんなにオレ様っぽいの？

予定があったのに付き合ってもらっていたから、機嫌を損ねてしまったのかな。

それだったら本当に申し訳ないなと思いながらも、腕組みをして立っている桐谷さんにトキメキが止まらない。

いつもと全然違うから、そのギャップに私の胸は壊れそうなほど高鳴った。

桐谷さんってプライベートではSっ気たっぷりな人だったりして。

ああ、もう、それはそれでステキ！　もともと格好いい人なのに、予想外な伸びしろを感じて興奮が止まらない。

場にそぐわないことを考えていると、声をかけられた。

「行くぞ」

「えっ……？　ええ……!?」

大きな手で腕を掴《つか》まれて、一瞬バランスを崩しそうになる。けれどすぐに腰に手を回されたおかげで立て直すことができた。桐谷さんはそのまま私と手を繋いで歩き出す。

――これは大事件だ。わ、私の手が……私の手が……桐谷さんと繋がってる！

大きくて指の長い男らしい手が私の手を握っている。そんな状況が信じられなくて、手を凝視してしまった。

強引に連れ去られるという夢みたいなシチュエーションに腰がくだけそうだ。

鈴村さんに気づかれないように、私たちは裏側の出口から外に出て、すぐにタクシーを拾う。

私は奥に詰め込まれ、その隣に桐谷さんが座った。彼がタクシーの運転手さんにマンションの住所を告げる。

「え……っ、桐谷さん。マンションに帰るんですか？　行かないといけないところは……？」

「俺も帰る。このまま一人にするのは心配だ」

桐谷さんに心配してもらえていることに感動している間に、私たちを乗せたタクシーはマンションの前に停車した。

「行くぞ」

「はい」

二人でエレベーターに乗っていると、桐谷さんがまた悩ましげなため息をついて、私のほうを見つめた。

「……桐谷さん？」

どうしたんだろう？

不思議に思って彼の顔を見つめ返すと、急にぐいっと肩を抱かれた。

——ええええっ⁉　何が起こっているの？

桐谷さんは私の髪に顔を近づけて、くんくんと嗅いでいる。

――ひぇぇ！　何、どうしたの？　私、臭い⁉

「俺と同じシャンプーを使っているのに、どうしてこんなに甘い匂いがしてるんだ？」

「え……っ」

「いい香りがする。何か香水でもつけてるのか？」

「い……いいえ、何もつけていません」

「そうか」

彼が再び、「はぁ」と甘い吐息をついたところで、エレベーターが私たちの住むフロアに到着した。

次から次へとときめくシチュエーションが訪れて、胸のバクバクが止まらない。

こんな近くに桐谷さんを感じたことはなかった。私をいい香りだと言った桐谷さんこそ男らしくて爽《さわ》やかな香りがする。キュン死するかと思った。

そして逞《たくま》しい腕に抱き寄せられると、私の体は簡単に包み込まれる。男らしい体つきにクラクラしてしまう。

――桐谷さん！　格好よすぎます。こんなにドキドキさせられたら、身が持ちそうにありません！

マンションに入ると、桐谷さんはすぐにシャワーを浴びるといってバスルームに向かう。

私は自室へ戻り、ベッドの上に座って先程の出来事を思い返した。

桐谷さんのカッコよさにヤラれて死んじゃいそう。

両手で口元を押さえて声を上げないようにしながら、脚《あし》をバタつかせて大興奮する。

ダメだ、これ、一人だったら絶対に奇声を上げて喜んでいるはずだ。

今日の桐谷さんのハイライトを一通り思い返したあと、冷静になろうと深呼吸する。

――落ち着け、私。いつもの伊藤菜々に戻るのよ。

桐谷さんがお風呂から上がったら今日のお礼をもう一度言っておこう。予定があったのに、それをキャンセルして私のために帰ってきてくれたのだから。

ベッドから立ち上がってリビングに向かうと、彼はすでにシャワーを浴び終え、冷蔵庫の前にいた。

「……っ!」

お茶を出して飲んでいる桐谷さんの姿に悶絶《もんぜつ》する。

肩からタオルをかけている濡れ髪姿の桐谷さん。下はスウェットを穿《は》いているけど、その上は裸――‼

余計な贅肉《ぜいにく》がない男らしい引き締まった体。刺激的なその姿に釘付けになる。

ダメ、そんなに見たら、好きなことがバレてしまう……!　でも見たい!

私はその場から動けずに、ごくごくと喉をならしてお茶を飲む桐谷さんを凝視してしまっていた。

早めにお礼を言って自分の部屋に戻ろう。長い時間同じ空間で過ごしていたら、倒れそうだ。

「あ、あの……っ、今日はありがとうございました。本当に助かりました。予定があったのにすいません」

意味もなく焦《あせ》って、頭を下げる。

「いいよ、気にしなくて。それより俺……ちょっと体調が悪いみたいだから、今日はもう寝るよ」

「え……？」

体調が悪い？　そうなの……？

そう言われてよく見ると、確かに桐谷さんの呼吸が少し荒い気がする。

「大丈夫ですか？　お薬とか買ってきましょうか？」

「いや、大丈夫。俺のことは放っておいてくれたらいい。明日も仕事だろう？　早く寝なさい」

「でも――」

「いいから。じゃあ、おやすみ」

心配する私を置いて、桐谷さんはリビングを出て自室に戻っていった。

何度もため息をついていたのは、体調が悪かったから？　いつもと雰囲気が違ったのも、そのせいだったの？

明日休みだから、一日ゆっくりしていたらよくなるかもしれないけど……心配だ。

どういう症状なのか聞けなかったので、どんな薬を用意すればいいかもわからない。

ただ、気にするなと言われても、体調が悪い人を放ってなんかおけなかった。コンビニに行って飲みものだけでも買ってこよう。

近くのコンビニで滋養強壮《じようきようそう》ドリンクと、スポーツドリンクをいくつか買ってすぐに戻る。

そして桐谷さんの部屋の前に立ち、扉をノックした。

「失礼します……もう寝ちゃいました？」

返事はない。

「桐谷さーん」

何度呼んでみても返事はなかった。

寝てるだけなのだろうと思うものの、部屋の中で倒れていないか怖くなる。

――どうする？　このまま部屋の前に飲みものを置いて退散する？

でも気になる。

もし熱が出ていて苦しんでいたら？　声も出せないほど調子が悪くなっていたら？

私は、心配で居ても立ってもいられなくなった。

共同生活のルールには、お互いの部屋に許可なく入らないというものがある。だから勝手に入ってはいけないのだけど、今は心配でそれどころではなかった。

万が一、桐谷さんの身に何か起きていたらと思うと、確認せずにはいられない。

――えーい、開けちゃえ！　もし寝ていたら、そのまま静かに扉を閉めればいいだけだからね。

二人の約束を破ることに躊躇《ちゅうちょ》はしたものの、彼の安否を確かめることを優先して、ドアノブに手をかける。

「……失礼します」

静かに扉を開けると、真っ暗な部屋に廊下の光が差し込む。けれど、彼の姿は見えない。

観葉植物が置いてある、シンプルで整理整頓された部屋。その奥にベッドが置いてあった。

私がこの家に来てしばらく、このベッドで寝かせてもらったことを思い出す。

すごくふかふかで寝心地のいいそれが、少しふくらんでいた。

足音を立てないように静かに近づいていき、布団の中にくるまっている桐谷さんを見つける。……といっても顔が見えず、状態がわからない。

「あの……寝てます？　これ……置いておきますね」

私はベッドのすぐ下にコンビニで買ってきた飲みものを置いた。目が覚めたときに飲んでくれたらいい。

そして、回れ右をして部屋を出ようとしたそのとき——

「なんで入ってきた？」

低く鋭い声がした。

「え……？」

「部屋には入らないって約束だったただろ？」

「え、えっーと……」

それを言われたら何も言えなくなる。

「でも、でもでも！　今日は体調が悪いって言っていたし、心配——」

突然、手を掴《つか》まれ、引っ張られた。

「きゃぁぁ！」

バランスを崩し、勢いのままベッドに倒れ込む。気がついたときには、彼に組み敷かれていた。

「あ、あの……っ！　桐谷さんっ⁉」

「なんでこんな時間に男の部屋に入ってくるんだよ？」

「だっ、て……体調が悪いって聞いたから、心配で……」

「ああ、悪いよ。自制がきかなくて、めちゃくちゃヤリたい」

「へっ……⁉」

――ヤリ……たい。ヤリたい⁉　そ、それって、どういう意味……？

目を白黒させているうちに、桐谷さんは私のスーツのジャケットのボタンを外す。

「待ってください、桐谷さん、どうしちゃったんですか⁉」

「お前が悪い。今すぐ抱かせてくれ」

「ええーっ」

桐谷さんの顔が私の首筋に埋まった。ちゅ、ちゅっと甘い音が鳴る。そんなところにキスされるなんて想像もしたことがない私は、くすぐったさと気持ちよさで体を揺らした。

「桐谷さん……っ、ダメ……です！」

「我慢できない」

息を荒くした彼は、何度も私の肌に吸いついた。私のジャケットを脱がし、シャツのボタンをすばやく外していく。

「き……桐谷さん、体調が悪いんじゃなかったんですか⁉」

「悪いよ」

「だったら……こんな、こと……してちゃダメですっ……！」

桐谷さんの胸を押すけれどビクともしない。熱い大きな手が私の手首を掴《つか》んでベッドに押しつける。

「俺……月に一度、ものすごく強い性欲に襲われる日があるんだ。それが今日。……いつも外に出て適当に処理をしてるのに、今日は出られなかっただろ？　誰かさんのせいで」

「えっ……」

それが本当なら、間違いなく私のせいですけど……！

「必死に我慢していたのに、部屋に入ってくるなんて……襲われても文句言えないよな？」

――いつもの桐谷さんじゃないーっ。

私を熱い眼差《まなざ》しで見つめる彼は、獲物を狙う猛獣のような顔をしている。

フェロモンが溢《あふ》れていて、その姿に釘付けになる。

本来ならここは淑女らしく「やめて」と言うべきところなんだろう。なのに、好きな人に求められているなんてすごいチャンスがキタ――！　とか喜んじゃってる私のバカバカ！

何も言わずに見つめ返していると、桐谷さんは奪うように唇を重ねてきた。

「……ん」

――私のファーストキス！

あまりに突然やってきたそれに驚き、目を閉じるのを忘れていた。

一瞬の触れ合いに胸を高鳴らせているうちに、もう一度キスをされる。何度も触れているうちに、ちゅ、ちゅっと甘い音が響き、口づけがだんだん深くなっていった。

「ん……っ、ふ……ぁ……」

「なぁ、口、開いて」

「ふぁ……？」

――口を開く……？

言われるままに固く閉じていた唇を開くと、熱い舌が中に入ってくる。

「ん……っ⁉ んぅ……？」

ぬるぬるとした舌が私の口内を動き回る。息継ぎをするたびに、今まで出したことのないような甘い声が漏れて、私は恥ずかしくなった。

「待っ……て、あの……！」

奪い尽くすみたいな激しい口づけに腰が砕けそうだ。これ以上長く触れ合っていてはいけない。

そう考えた私は、体を動かそうとした。けれど、彼に解放してくれる気配は全くない。

むしろ一層強く抱き締められてしまった。

「俺がどれだけ我慢しているか、わかってるのか？　お前はいつもいつもガードが緩《ゆる》すぎる」

「え……？」

「風呂上がりに薄着で歩くし、洗濯機に洗ったあとの下着を忘れる。俺がこんな体質に悩んでいることを知って、誘惑しているんだろ」

――そんなぁ！

お風呂上がりは、ブラカップつきのキャミソールにショートパンツ姿だけど、一応パーカーやカーディガンを羽織るようにしている。

それから洗濯機に下着を置いていったのはうっかりミスで、わざとじゃない。それも、見つかる前に回収したつもりでいた。

「そういうつもりじゃ……なかったんですけど……」

「わざとじゃないなら、余計厄介、無意識が一番罪だ」

「ええ……？」

私がシュンと肩を落とすと、再びキスをされた。舌が濃厚な交わりを繰り返すたび、ジンジンと体が熱くなって痺《しび》れていく。

「男を誘惑すると、こういうことになるんだと思い知れ」

「ん……、っ……ぁ……」

乱れた服の隙間から手を入れられて、ブラジャーの上をなぞられる。そして大きな手のひらで胸全体を包み込まれて、くにくにと乳房を揉《も》まれた。

「ダメ……ッ！　桐谷さん……」

今まで誰にも触れられたことがない場所に触れられ、思わず抵抗する。もちろん桐谷さんに触れられることが嫌なんじゃない。恥ずかしくてたまらないのだ。

彼の手が触れた場所がすごく熱い。くすぐったいような気持ちいいような不思議な感覚に、私は戸惑《とまど》った。

「ダメじゃない、だろ？　……ここ、硬くなってる」

「やぁ……っ、んぅ……」

ブラの上から胸の先の在《あ》り処《か》を見つけられた。そこを指で何度も擦《こす》られると、ビクンと体が揺れる。

それを見ていた桐谷さんが、くすっと笑った。

「気持ちよさそうな顔、してる」

「そ……んな、こと……」

ないと言い切れない。桐谷さんがそこを擦《こす》るたびに、味わったことのない快感が全身に広がっていく。

——これが気持ちいいってことなの？

初めての経験だからよくわからない。けれど、それをされていると、だんだんいやらしい気持ちになっていく。

彼の手が背中に回り、ブラジャーのホックを外した。役目を果たした下着は腕から抜き取られ、床に落ちる。

「恥ずかしいです……！　もう、許してください」

「ダメだ。これからもっと恥ずかしいことをするのに、これぐらいで音《ね》を上げるな」

「ええ……っ⁉」

――もっと恥ずかしいことをするんですか！

断ろうとした言葉は、口づけで封じられてしまった。

そもそも、私に桐谷さんを拒絶する気があるのか、自分でも疑問だ。

何もつけていない胸を揉《も》みしだかれて、ピンと張り詰めた胸の頂《いただき》を指で摘まれると、体がとろけていく。くにくにと指で刺激され、好き放題に弄《いじ》られ続けた。

「はぁ……っ、ん……。――っ、や……ん、あぁ……っ！」

「胸が赤くなってる。可愛いな」

「そんなこと、ないです……からっ……！」

「そんなことあるよ。ほら」

私の胸元に桐谷さんの顔が近づいて、起《た》ち上がった先に唇を寄せた。尖ったそこにキスをされたあと、舌先で転がされ、ちゅううと音を立てながら吸われる。

「ああっ、ぁ……！」

いけないと思う一方で、すごく興奮する。

頼りがいのある上司で、どんな女性社員が言い寄っても相手にしない桐谷さん。どちらかというと女性に対して積極的ではないイメージを持っていたのに、こんなに強引でSっ気のある人だなんて……

彼が欲情している姿など、想像したことなかった。

雄《おす》っぽさが前面に出た本能のままの行動にドキドキが止まらない。

「もう……あぁ……っ、それ以上……しちゃ……やだぁ……っ」

これ以上されたら変になってしまいそうだ。理性を振り絞って抵抗するけど、やはり彼に止めるつもりはないらしかった。

休むことなく愛撫《あいぶ》を続け、さらに激しくいやらしく舐《な》められる。私は初めての快感から逃げられなくなっていた。

「桐谷さん……っ、あぁんっ！　ダメ……」

「もう止められない。悪いが今夜は、俺が満足するまで付き合ってもらう」

「そんな……」

「それにダメじゃないだろう？　ここ、熱くなってる」

「ああっ……！」

さっきまで胸を揉《も》んでいたはずの手は、気がつけば私の太ももの間にあった。彼はスカートを捲《まく》り、ストッキング越しにショーツの上を優しくなぞっていく。彼の手が触れていく先が敏感に反応した。

「あぁ……っ、……そこは……！」

「ん？　どこのこと？　ここ？」

「あんっ！　待っ、て……」

ショーツのクロッチ部分に指が到達し、ストッキングの上から何度も擦《こす》られた。今まで誰にも見せたことがないし、触れられたこともない場所。そこがどうなっているかわからず、不安でいっぱいになる。

「待ってって言う割に、腰がビクビク動いてる。このままじゃ、つらいだろ？」

「あぁ……そんな……激しく触らないで……っ」

「撫《な》でているだけだ。そこまで激しくしてない」

触れられている場所が疼《うず》く。お腹の奥から、じわじわと何かが溢《あふ》れてきた。初めての感覚に戸惑《とまど》い、私は涙の浮かんだ目で桐谷さんを見つめた。

「そんな顔で見るなよ。余計にシたくなる」

――そうなの……？

きっと今、桐谷さんは正常な判断ができないほど肉欲に溺れている状態なのだろう。だから私なんかに欲情して抱きたいと思っているのだ。

一時の気の迷いだとしても、桐谷さんに攻められるのは嬉しい。

ちゃんと正式にお付き合いをしていない人に体を許してはいけないと教えられてきたけれど、私には無理だ。好きな人を突き飛ばして拒否するなんてできない。

「菜々のここ、見たい」

「え……？」

「俺に見せて？」

私が返事をする前に、桐谷さんはストッキングを脱がし、ショーツの上から秘部を押した。呼び方もいつの間にか「菜々」になっている。

「……下着まで濡れてる。菜々も興奮してる？」

「し……してな……っ」

「嘘だ。糸を引くくらい、よく濡れてる」

「きゃあ……っ！」

するんとショーツを下ろされて、濡れていると言われた場所に直接触れられてしまった。彼の指が動くたびに、そこがびちゃびちゃと淫猥《いんわい》な音を立てる。

「ほら、すごい音だ。エロいな」

「や……っ、そんな、こと……」

彼の言葉を否定できないほど、蜜音がすごい。

「よく聞けって。ほら……ちょっと触れただけで、こんなにいやらしい音がする。俺に触られて、こんなに濡らして、仕方ないな」

耳元で甘くてエッチな言葉を囁《ささや》かれて、ゾクゾクと感じた。

初めての経験なのに、反応してしまっている自分が恥ずかしい。桐谷さんに攻められるたび、興奮が加速する。

「菜々のここ、見ていい？」

桐谷さんはもう一度言った。

「ダメ、です……。恥ずかしいから、見ないで」

「ダメって言われたら、余計見たくなる。俺で濡れまくってるここ、見せて」

「や……っ」

桐谷さんの体が私の脚《あし》のつけ根へ向かう。そんなところ見せられないのに、体を押さえられて逃げられない。

そしてついに、桐谷さんが両手で媚肉を広げた。

「やだ……っ、そんなに広げないで！　お風呂入ってないのに、そんな近くに寄ったらやだぁ……」

「それがいいんだろ。菜々のいい匂いがする」

「ダメ……！　ああっ！」

脚《あし》をバタつかせて抵抗したのに、桐谷さんの顔がそこに埋まってしまった。蜜をすすり、割れ目にそって舌が動いていく。

「菜々のここ、ヒクヒクしてる。すげぇ可愛い」

「はぁ……、あ、ああ、……っ、んん！」

「もっと奥まで味わわせて」

舌が中に入ってきた。長く熱い舌を挿入される初めての感覚に悶《もだ》えて、私は体を震わせる。

「きゃ……っ、あぁ……ああン……」

「すごく美味《おい》しい。もっと舐《な》めさせて」

桐谷さんは激しく舌を動かして舐《な》めながら、敏感な場所を指で刺激した。

蜜と唾液にまみれた指で奥に隠れていた蕾《つぼみ》を弄《いじ》られる。初めての快感に驚く私はなす術《すべ》を失い、ただ喘《あえ》ぐしかできなくなった。

「や……っ、お願い……もうそれ以上したら……ヘンになっちゃう……」

「そうなんだ？」

「そう……なの！　だから……もう、やめて……」

懇願しているのに、彼はそこばかり嬲《なぶ》り続ける。痙攣《けいれん》するように私の腰がひくついた。

「桐谷さん……っ、もう……本当に、ダメなの……！　このままじゃ、私――」

「気持ちいいんだろ？　そんなとろとろの顔で言われたら、もっとシたくなる。――イケよ。見ててやるから」

そこから、もう何がなんだかわからなくなるほど愛撫《あいぶ》が激しくなり、快感はより一層色濃くなった。激しいけど痛くはない。気持ちいいことばかり続けられて意識が遠のく。

乱れているところを彼にじっと見つめられているのかと思うと、興奮がさらに高まっていった。

「ふぁ……っ、あん！　もう……ダメ……！」

目の前が真っ白になり、無我夢中で与えられる快感を追って一気に昇りつめる。一度も味わったことのない快楽の波にさらわれて、何度も腰がビクビクと震えた。

――これって、まさか……イッちゃったってやつ？

初めての体験でイクなんてあり得るの？　乱れすぎだって引かれていない？

しばらく呼吸を整えているうちに、少し冷静になれた。

けれど桐谷さんに触れられると、すごく気持ちがよくて何も考えられなくなる。もっと触れてほしくて、とろけてしまいそうだ。

「もう大丈夫か？」

「え……？」

「俺、我慢の限界なんだけど」

桐谷さんは、私の上に跨《また》ったままシャツを脱ぎ捨てた。さっきお風呂上がりに上半身裸のところは見たけれど、こんな至近距離だと臨場感がハンパなくて目が離せない。

「確認していなかったけど……初めて……だよな？」

桐谷さんはなぜかピタッと動きを止めた。

「……えーっと」

──なんて答えたらいいのかな？

正直に初めてと言ったら、処女は面倒くさいと中断されてしまうかもしれない。でも嘘をついてもすぐにバレそう。

返事に困っていると、桐谷さんは再び動き出し、スウェットと下着を脱いで何も着ていない状態になった。

「あ、あ、あの……！」

男の人の裸なんて初めて見る。しかも、ものすごく興奮している状態の下半身がそこにあって、思わず顔を逸《そ》らす。

「男のコレを見たことも、ないの？」

「ないですよ！　そんな大きいものなんですか……！」

「恋愛経験ないって言っていたもんな」

桐谷さんがため息をついた。

「は、はい……」

――やっぱり重たいと思われた？

夢のような出来事ももはやここまでか、と悔やむ。

いや、最後までしなくても満足だ。彼女でもないのに、ここまでしてもらえただけありがたいと考えなきゃ。

ホッとしたような、残念なような、複雑な気持ちになる。

勝手に終了だと思い込んで気を抜いていると、桐谷さんの指が私の中に埋め込まれていた。

「あ、あれ⁉　ちょ……っ、桐谷さん⁉」

「もっとほぐさないと。俺、今溜まってる上にすっげぇ興奮してるから、普段より大きい。一度抜いたほうがいい」

――抜いたほうがいい……⁉

それって、どういう……？

桐谷さんらしからぬ言葉の数々に絶句する。私には難しい話でついていけない。

「よく濡れてるけど……中がすごく狭いんだ。菜々のこと傷つけたくないから、ちょっと協力してくれ」

「え……？　え……⁇」

桐谷さんが私の顔のほうに上がってくる。……その立派な屹立《きつりつ》も私に近づいてきて――

ひぇぇ、大きい！

「失礼するよ」

「あん……っ！」

桐谷さんは私の胃の上あたりに腰を据え、その反《そ》り立《た》つものを胸元に収めた。

――そこまで大きくない私の胸に挟むつもり？　そんなことできるの……？

「挟んで」

「え……っ、あの……！」

私を見下ろす桐谷さんは、エロさを増した艶《つや》っぽい瞳をしている。色欲に溺れたその表情がとてもエロティックで、つられて私も欲情してしまう。

「菜々のおっぱい柔らかいな。俺のこと……もっと包んで」

「あ、あの……っ、これ……めちゃくちゃ恥ずかしいです……！」

「大丈夫、上手くできてるよ。ちゃんと俺のこと、見てて」

――そんなの恥ずかしくてムリ……っ。

目の前では、桐谷さんの下半身がいやらしく動いている。初めてでこんなハイレベルなことを経験するなんて思ってもいなかった。

恥ずかしくて顔を逸《そ》らしていると、桐谷さんの手が伸びてきて私の顔を正面に正す。

「はぁ……っ、菜々の顔……もっとよく見せて。すごく……可愛い。興奮する、から……」

初めてのくせに、私……なんだかすごくエッチな気分になってきた。

息を乱して私の胸元で擦《こす》り続ける桐谷さんと一緒に、私も高まっていく。下腹部がジンジンと熱くなって、勝手に蜜が溢《あふ》れて垂れていった。

「ごめん……もう、無理……出る」

その言葉を聞き、私は桐谷さんが絶頂を迎える瞬間を見たくなった。つい彼をじっと見つめる。

「……あ、――っ」

一瞬、強く暴れ、彼のものから白濁が迸《ほとばし》る。熱い体液が私の肌の上に飛び散っていくことにうっとりとして、悦《よろこ》びを感じてしまった。

まだ温かいそれを指で触れてみると、ぬるぬるとしている。

「……こら、触るんじゃない」

「だって。初めて見たから……」

「綺麗なものじゃないんだ。ほら、拭《ふ》くぞ」

そう言ってティッシュを出し、桐谷さんは私の指先についた精子をふき取ってくれた。

桐谷さんのものなら、汚くないのに。私の体に触れることで興奮してくれたのだと思うと、嬉しくてたまらない。

「一応言っておくけど、これで終わりじゃないからな。さっきのは準備運動」

「へ……？」

「今からここをほぐして、入れなきゃなんないだろ？」

「ええ……っ⁉　そうなんですか？　私、てっきり終わりかと……！」

「まだだ。俺がこんなもので満足すると思ってるのか？」

ええ、思っていました……そう返事をする前に、桐谷さんは私の体に唇を寄せながら、下へ向かう。唇がおへその下に着くと私の脚《あし》を開けて、濡れている場所へ顔を近づけた。

「あぁ……っ、ダメです。そこは、ホントに……」

「ダメじゃないだろ。あんなにとろんとした顔して……俺が抜いているところを見て興奮してたんだろ？」

「あう……」

ぐちゅ、ぐちゅ、と耳を塞《ふさ》ぎたくなるような蜜音を立てながら、彼の指が中へ埋め込まれていく。

私の中は、桐谷さんの指を心待ちにしていたようで、内側を擦《こす》られるとキュッと締めつけた。

「中、ヒクヒクしてるぞ。初めてで、この反応……なかなかいいな」

「あん……っ！　あ、ぁ……ん、ああ……」

何をされているのかわからなくなるほど執拗《しつよう》に、でも優しく秘所を愛撫《あいぶ》される。一本しか入っていなかったはずの指は、いつの間にか二本になり、そして三本まで増やされていた。

自分の体の中にこんな敏感な場所があるなんて知らなかった。指を受け入れている場所のすぐそばにある花芯は、吸われたり舐《な》められたりしたせいで膨《ふく》れているようだ。

「……ダメ……です、おかしくなっちゃう……！」

涙交じりに何度お願いしても、やめてもらえない。甘い拷問みたいな時間は、私の体が馴染《なじ》むまで気が遠くなるほど繰り返された。

何度目の絶頂か数えられないほどイカされ続けて、やっと体が解放される。汗ばんだ体を弛緩させていると、桐谷さんは私の脚《あし》をさらに広げて体を引き寄せた。

「もう大丈夫そうだな」

「桐谷……さん……？」

「俺がお前の初めてをもらう」

――それは本当にもう、願ったり叶ったりだ！

　さっきから「いや、ダメ」と言ってはいるけど、それはもう完全に口だけのものだった。本当は桐谷さんにこういうことをされて喜んでいる。

「なぁ、いいだろ？　菜々」

　そんな甘い顔でねだるみたいに聞かないで。

　もっともっと桐谷さんのことを好きになって、何もかもを捧《ささ》げてしまいそうになる。

「菜々のここに入れたい」

「……っ、あ！」

　誰のものも受け入れたことのない蜜口の割れ目を、彼のものがなぞる。熱くて硬い屹《きつ》立《りつ》を感じ、奥がキュンと震えた。

「菜々、いい？」

「……はい」

　いいに決まってる。初体験は、桐谷さんとがいい――

　その瞬間、桐谷さんが破顔した。

　あぁ、もうとろけそう。桐谷さんに欲しいって言われたら断れない。

「入れるぞ、力抜け」

　――え？　力を抜くってどうやって？

　緊張して体が固まってしまう。どうにか力を抜こうとするけど、上手くできなくて足の指先まで力が入ったままだ。

「あ……っ、痛い……！」

「俺に掴《つか》まれ」

桐谷さんに言われる通りに、彼の首に手を回して抱きつくと、ぴったりとお互いの体が密着して、不安だった心が少し軽くなる。

そして桐谷さんにキスをされた。私は舌を絡《から》ませた深い口づけに溺れていく。

「ん……、ふぁ……っ、ぁ……」

濃厚なキスに酔いしれている間に、彼の腰が少しずつ埋め込まれた。

肉が裂けるような痛みはあるものの、彼ができるだけゆっくりと進めてくれているのを感じる。私は桐谷さんの全部を受け入れたいと強く願った。

「……く。——っ」

そっと目を開けて桐谷さんの顔を見てみると、額《ひたい》に汗をかきながら眉間にしわを寄せている。

こんな狭いところにあんな大きなものを入れようとしているのだから、桐谷さんも痛いはずだ。

私はどうにか体をゆるめるべく深呼吸を繰り返した。

——桐谷さん、好き。桐谷さんのこと、全部受け入れたい。

心の中でそう呟《つぶや》いて、全身の力を抜く。すると、ぐぐっと押し込まれる感覚がして奥に衝撃が走る。

「あっ！　……ああん」

桐谷さんの腰が私の肌にぴったりとついていることを確認した。どうやら私たちはちゃんと繋がったらしい。

「全部入ったぞ」

「は……はい。中が、苦しい……です」

「……だよな」

このまま動いたら裂けてしまいそうだと思っていると、桐谷さんは再びキスをし始める。

「……ん、ぁ……ふ、んん……」

「ほんと、お前は可愛いな。……俺みたいな男に捕まっちまって……そんなバカなところがすげぇ可愛い」

——それ、褒めているんですか？　けなしているんですか……？

よくわからない言葉に戸惑《とまど》うけれど、桐谷さんが愛《いと》おしいものを見るような優しい眼差《まなざ》しをしているので、悪い意味ではないような気がした。

「処女も、奪ってしまって悪いな。でも止められない」

「んぅ……っ、きり、たにさ……」

彼の言葉に反応したいのに、すぐに唇を塞《ふさ》がれてしまう。唾液が零《こぼ》れるほどの激しいキスを何度も繰り返され、私の体も頭の中もどろどろに溶けていった。

「責任持ってお前の体を味わいつくしてやる」

――それ、責任なんですか？　よくわからないけど、それっていいことなの……？

ちっとも意味がわからない。でもいいや。桐谷さんに求められているなんて、この上ない幸せ。

どんなにステキな女性たちが言い寄っても靡《なび》かなかった人が、こうして私の体を求めている。

「安心して、いっぱい啼《な》けよ」

「は……はい」

目の前にいるのは、会社で見る聖人君子な桐谷さんじゃない。愛欲にまみれた獣――オスの本能丸出しの彼がそこにいた。

「動くぞ」

桐谷さんは中を確かめるようにゆっくりと腰を動かし始めた。根本まで入っていたものが、抜けてしまうのではないかというところまで引き抜かれる。そしてまたズブブと根本まで挿入された。

そのねっとりとした抽挿《ちゅうそう》を繰り返されるうちに、感じていた痛みはどこかに消えていく。

「あ……あぁっ、待っ、て……」

「どうした？　なんか声がエロくなってきたけど？」

「違……っ、あ、あぁ……っ、それ……あぁ、ん！」

汗で額《ひたい》にくっついている髪を、大きな手で撫《な》でるようにかき上げられる。じっと表情をうかがいながら、彼はいやらしい腰つきで私を攻め立てた。

気持ちよくてたまらない。こんな感覚は初めてだ。

このまま気持ちよくなり続けていたら、私どうなるの？

出したことないような甘い声が次々と口から漏れる。それが恥ずかしくて逃げ出したい。でも気持ちよくて、ずっとこうしていたくて……

次々に迫ってくる快感に翻弄《ほんろう》されている間に、二人の交わりは深く濃厚になっていった。

揺さぶられ、五指をぎゅっと絡《から》ませられる。唇も体も手も、どこもかしこも桐谷さんにくっついていて、離れている場所がない。

「あーくそ、お前とシてると、すぐイキそうになる」

「あんっ、や……あぁ！　それ……って、どういう……？」

「すげぇ感じてるってことだ。菜々のナカ、すごく気持ちいい」

——ほんと？　私で感じてくれているってこと？

余裕のないような困った表情を浮かべている桐谷さんを見ていると胸が疼《うず》く。切なそうな甘い顔にドキドキする。そんな表情見たことなかった。

きっと桐谷さんとエッチしないと見られない顔だよね……！

たまらない気持ちになる。

そして力強く腰を引き寄せられ、少しずつ抽挿《ちゅうそう》が速くなっていった。二人の体がぶつかるたびに、繋がった場所から蜜音が激しく鳴る。

「あっ、あん……っ、あぁ、はあっ——」

全身が沸騰《ふっとう》するみたいに熱くて、揺さぶられるたびに快感に溺れていった。気持ちよくて、何も考えられないほど興奮する。

快楽の頂《いただき》を目指して、意識が遠のきそうになった。

「菜々、こっちを見て」

感じすぎて涙が浮かぶ瞳で彼を見つめる。熱に浮かされた顔を見られるのは恥ずかしい。けれど、そんな私を見て桐谷さんは口角を上げて静かに微笑《ほほえ》んだ。

「その顔……ほんと、エロい。いつもの菜々からは想像できないな」

「わ、たし……どんな、顔……してる……んですか？」

「すごく可愛い顔だよ。もっと見せて。あ……イキそ」

ぐちゃぐちゃになった場所を擦《こす》り合わされ、きゅううと私の中が彼を締めつけた。

「やっ……ダメッ、はげし……っ！　このままじゃ……ヘンになっちゃう……っ」

「そんなに締めつけたら……すぐ……出るだろ――」

「あぁ……っ、だっ、て……！　あぅ、すご、い……からっ……ああんっ！」

目まぐるしいほどの快楽に包まれて、私は一生懸命彼にしがみついた。彼の唇が私の首筋に埋まって、熱い吐息を繰り返している。

「も……無理。イクぞ」

嬌声《きょうせい》が声にならなくなった。私はきつく目を閉じて、彼を受け入れる覚悟を決める。

こくこくと頷くと、いっきに速度が増した。

最後は荒々しく――でもどこかセーブしてくれているような配慮を感じる腰つきだ。

ズンズンと激しく突き上げられて、一番奥に差し込まれたあと、しばらくそのまま静止した。

「――っ、は……」

彼は苦しそうな呻《うめ》き声を上げ、奥に秘めていた欲を吐き出すように私の中で震えたのだった。

3

どうして桐谷さんに滋養強壮《じようきようそう》ドリンクを買い与えてしまったのだろう……

翌朝、私はそんなことを考えながら、疲弊《ひへい》した体を引きずって会社へ向かっていた。

昨夜、二度ほど射精した彼は、その後私の買ってきた滋養強壮《じようきようそう》ドリンクで体力を回復し、オオカミのごとく野獣化して朝まで放してくれなかった。

まさか桐谷さんが豹変《ひようへん》するなんて……

今まで彼のことを、草食系、下手をしたら絶食系男子なのだろうと見くびっていた。

ところが、本人の説明によると、彼は普段煩悩《ぼんのう》を抑えているせいで、月一で発情デーが来て爆発してしまう特異体質なのだそうだ。

もっともそれ以上詳しく聞くことは、できていない。話をしようとするたびに次のラウンドに突入して、執拗《しつよう》な愛撫《あいぶ》が始まってしまうからだ。

――私、初体験だったんだよ……⁉

それなのに何度も求められて、でも中が痛いと訴えると、それ以外のことをたくさん……口に出せないようなことを教えられてしまった。今後私の性的嗜好《しこう》がおかしなことなるんじゃないかと心配になってくる。

ああ、もうお嫁に行けないかも……

昨日まで処女だったのが嘘のように経験値が上がっている。

今日桐谷さんは、部屋に閉じこもって昨夜の疲れを癒《いや》すために睡眠をたっぷりとるとのことだ。

毎月の有休、まさかあんなことをするために取っていたなんて。

この会社の中で知っているのは、きっと私一人だけだろう。

誰にも言うつもりはないけど、もし言いふらしたとしても、あの桐谷さんがそんなわけないと一蹴《いっしゅう》されるに決まっている。

私だって未だに信じられない。

でも体に残る彼の感触や下腹部の痛みを思い出すたび、夢じゃないんだなと再確認する。

桐谷さんは私を抱きつくしたあと、意識を失うように眠った。ぎゅううと強く私を抱き締めたまま眠っちゃうから、今朝離れるのが大変だったのだ。

――ああ、ダメだ。思い出すと鼻血が出ちゃいそう。

そんな思いに身悶《みもだ》えているうちに会社に着く。早速、鈴村さんが私を見つけて駆け寄ってきた。

「伊藤さん！」

「……あ」

すっかり忘れていたけれど、鈴村さんに公開告白されたのだった。

同僚たちが祝福ムードで鈴村さんと私がくっつくように応援してくれていることを思い出す。

「おはよう、昨日何時まで残っていたの？　送ろうと思って待っていたんだけど、すれ違っちゃったみたいだね」

「あ、はは……」

昨夜のことが頭の中によみがえった。

小会議室で二人きりになったとき、桐谷さんはネクタイを外して悩まし気な表情を浮かべていた。あの時点ですでに発情が始まっていたんだろうなと推測できる。

「何回かメッセージも入れたのに、既読にならなかったね。忙しかった？」

「あ……そうだったんですか？　すみません、昨日はちょっと用事があって。スマホを見る時間がなかったんです」

桐谷さんとつい数時間前までエッチしていて忙しかったとは絶対に言えない。

「そっか。じゃあ今度、昨日の埋め合わせしてよ。……ね？」

「そ、そうですね……また、今度……」

私はどうにか誤魔化して、自分のデスクに向かった。

パソコンの電源を入れて、メールのチェックを始める。けれどまたもや昨夜のことが頭をよぎり、ボンッと爆発したみたいに全身が発熱した。

あまりちゃんと状況を把握できていないけれど、桐谷さんは発情体質で、私が不用意に近づいたものだから食べられてしまったってことだよね。

つまり、私はただそこにいたから手を出されたということだ。

そう考えると少し悲しくなるけれど、好きな人と初体験ができたことは、喜ばしい。私には嬉しい気持ちのほうが勝ってしまう。

体だけの関係なのに、ものすごく喜んでいるなんて変な子だと思われてしまうから、そんなこと口に出せないけれど、私ってかなりラッキーなのかも。

昨夜だけの夢のようなひとときを思い出して幸せに浸《ひた》った。

――もし万が一、また誘われたら？

同じ家に住んでいるんだから、二度目があるかもしれない。そうなったらどうしよう？

体だけの関係なんて困ります、と突き放すことができるかな……

『――もう一度、菜々としたい』

そんなことを囁《ささや》く桐谷さんを想像したら、頭の中の自分は即答でＯＫしてしまって、意思の弱さに呆れた。

だって好きなんだもん……！

片想いをして早一年。海外ドラマを見ては、桐谷さんとこんなふうになれたらいいなと妄想していた。妄想で我慢していたことが現実に起きるなんて、舞い上がる自分を止められない。

全然寝ていなくて疲れているはずなのに、アドレナリンが分泌されているようで、一日中興奮が冷めず、私はいつも以上にテキパキと仕事をこなせた。

それにしても、これからどんな顔をして桐谷さんに会えばいいんだろう？

今まで通りに上司として見られるかな。

もともと好きなのに、それにプラスしてあのエロモードの桐谷さんまで知ってしまったら、頭の中が煩悩《ぼんのう》だらけになってしまう。

贅沢な悩みに頭を抱えながら、私は会社を出て桐谷さんのマンションへ戻った。

発情デーのときの記憶がなくなっているとかだったらいいのに、とそんな都合のいいことを考えつつ帰宅する。玄関を開けると、ご飯のいい香りが漂《ただよ》ってきた。

「……ただいま」

「おかえり。ご飯作ったんだ、一緒に食べよう」

「はい……」

迎えてくれた桐谷さんは、昨夜みたいなエロくてオラオラな感じではなく、いつも通りの雰囲気に戻っていた。

優しくて気が利いて紳士的な彼は、ダイニングテーブルの上に、ポテトサラダと手作りのピクルス、それから焼き野菜がトッピングされたカレーライスを用意してくれている。

どれも美しく盛り付けられていた。スパイシーで食欲をそそるカレーを見ていると、ぐううっとお腹が鳴る。

「お腹減ってるんだ？　早く着替えておいで」

「はい……！」

自室に戻り、スーツを脱いで部屋用の服に着替える。

全くそんな気はなかったのだけど、薄着で誘惑していると指摘されたので、今日は長袖に長ズボンを穿《は》いてリビングへ向かった。

「……あれ？」

ダイニングテーブルに並ぶ料理を見つめて違和感を抱いた私は、そこで立ち尽くす。

いつも私と桐谷さんが一緒に食事をするときは、向かい合って食べていた。それなのに今日は、横並びに料理が配置されていて、並んで食事をとるようなスタイルに変わっている。

――どうしてこんなふうにしたんだろ……？

不思議に思いながらも席についたところで、また違和感。

——こんなに近くなくてもよくない？

ぴったり隣に桐谷さんがいる。

「……ん？　どうかした？」

うーん、と唸《うな》って考え込んでいる私に気がついて、桐谷さんが質問してきた。

「いえ、なんでもないです。いただきますね」

「はい、どうぞ。おかわりもあるから、たくさん食べて」

距離が近いことは嫌じゃない。好きな人とはいつだってくっついていたいし、桐谷さんの端整な顔立ちを近くで見られるのは嬉しい。

正面から顔のパーツの美しい配置を見るのもいいけれど、横並びだと、すっと高い鼻筋を見ることができるし、きゅっと締まった唇も拝める。

どこから見ても非の打ちどころのない、男前な顔立ちを堪能《たんのう》できて至福……

でもソワソワしてしまう。

なんとなく居心地の悪さを感じていると、不意に桐谷さんに話しかけられた。

「今日は眠かったんじゃない？　大丈夫だった？」

「……ごほっ」

心配して声をかけてくれたのだろうけど、睡眠不足の原因を思い出してしまった私は、カレーを噴き出しそうになった。

「そう、ですね……。案外大丈夫でした」

「ならよかった。やっぱり若いと違うね。俺は一日中寝て、やっと体力回復できた」

「へ、へぇ……。そ、そうなんですね」

それはそうだろう。私がもう無理ーっと悲鳴を上げるまで、私たちは抱き合ってい
た。ベッドは二人の汗と体液で汚れていたし、髪も乱れて何がなんだかわからないほど
だった。

照れながら桐谷さんのほうにチラッと視線を向けると、彼もこちらを見つめている。

意図せず目が合ってしまった。

「こっち向いていて」

「へ……？」

私の顔をじっと見つめて、桐谷さんの顔が近づいてくる。

——え……っ、えええ！　キスするつもり……？　どうしよう、またキスしてしまう？

胸の鼓動が大きくなって、心臓が飛び出そうなほど暴れ出す。反射的にきゅっと目を
閉じて構えていると、口角あたりを指でなぞられた感触がした。

「ご飯粒、口についていたよ。いつも口につけちゃって、伊藤さんは子どもみたいだなぁ」

「……す、みません……」

彼になぞられた唇が熱い。過剰に反応してしまって、頬がかぁっと熱くなっていく。

ああ、もう。ドキドキしすぎて、せっかくの桐谷さんの手料理の味がわからない。

「昨日は本当にごめんね、初めてなのに、容赦《ようしゃ》なく求めてしまって……。体、大丈夫？」

「は、はい。なんとか……。桐谷さんこそ、体は大丈夫なんですか？」

「うん、大丈夫。俺は一日だけで治まるから」

彼の症状は私たち女性のように、月に一度男の子の日みたいな日があるのだそうだ。

数日前から体調に変化が出てくるらしい。それがサインとなり、「あ、今月ももうすぐ来るな」ということがわかって、その日に備《そな》えるんだとか。

「……最初はもっと暴走していて、自制がきかないほどだった。でも知り合いの医者に薬を出してもらって月に一度だけにコントロールできるまでになったんだ」

――性欲を抑える薬なんてあるんだ……？

彼の説明によると、桐谷さんがこんな体質になったのは、三年ほど前。

ある日突然始まった発情に彼は戸惑《とまど》い、受け入れるまでにずいぶん時間がかかったという。けれど今ではコントロールできるまでになっているのだとか。

「こんな体質なことを隠してルームシェアしてほしいなんて誘ってしまって申し訳なかった。君に迷惑をかけないように、その日は家にいないようにしていたんだけど……」

「そうだったんですか。こちらこそ、何も知らなくて迷惑をかけていたんじゃないでしょうか。すみません」

　そんな体の悩みを抱えて、一人で苦しんでいた彼の心中を察して、私は胸を痛める。

「私にできることがあれば、なんでも言ってくださいね」

「なんでも……？」

　桐谷さんは驚いたような表情で私を見つめる。

「あ、いや……っ、ヘンな意味じゃなくて！　私が家にいないほうがいいなら、出ていきます――」

「じゃあ、遠慮なく一つお願いしていい？」

「はい……」

　何をお願いされるのだろう、と緊張が走る。

「こんなことを頼むのはどうかと思うけど……どうしようもなく俺が発情したときは、助けてほしい」

「えっ……」

「伊藤さん以外に頼める人がいないんだ」

　――それって、また来月エッチしましょうってこと？　まさか直球でセフレの申し込みが来るとは！

　こういう場合、「困ります！」と断るのが普通だよね。都合のいい女になっちゃったら、それ以上の存在になるのは難しい。

でも、最初から恋人になりたいとか、そんな図々しいことは思っていないし、なんというか……

「あ……、いや、やっぱり忘れて。こんな失礼なお願い、ないよな。本当にごめん」

桐谷さんは気まずそうに私から目を逸《そ》らした。

彼が誰かれ構わず女遊びをするようなタイプの人じゃないってことは知っている。女性社員につれないのは、自分がいつ発情してしまうかわからなくて自重のためにそうしていたのではないかな。

発情体質のことを一人でずっと悩んでいたのかもしれないと思うと、ここで突き放すのは酷《こく》な気がする。

それにここで断ってしまったら、彼は発情デーに他の人とエッチしちゃうかもしれない。

桐谷さんが昨日私にしたみたいなことを他の人にするところを想像したら、嫉妬《しっと》で泣いてしまいそうだ。

それは、私が都合のいい女になってしまうことよりもショックだった。

心臓がぎゅううっと絞られたみたいに痛い。あの姿は、私だけに見せてほしい。どんな形でもいいから、桐谷さんを独占したい。

――やだやだ、桐谷さんが他の女性を抱くなんて絶対に嫌だ。

私以外に頼める人がいないということは、他の女性は誰も桐谷さんの体質を知らないってことだよね。

第一、大好きな人が困っているのに、放っておくことなんてできない。

あぁ、もう、どうしよう。

桐谷さんが他の人とエッチすることと、私がセフレになることを天秤にかけて葛藤《かっとう》する。

セフレになることは、よくないことだ。けど、桐谷さんの体を独占できるかもしれない……

たくさん悩んだ結果、桐谷さんとの距離を縮めたいという欲が勝った。

「あ、あの……っ。私でよければ……お相手、します……」

語尾にいくにつれて小さくなる声で、勇気を振り絞って伝える。こんなことを言うなんて恥ずかしくて、顔が熱い。

「本当に？」

「……はい。上手くできるか……わかりませんけど……」

「ありがとう。……って言っても、本当に限界が来たときだけでいいから。伊藤さんに迷惑をかけるほど毎回お願いしたりはしないから安心して」

——いえ、こちらとしては、毎回でも構いません……！

そう心の中で返事しながら、私はこくんと頷いた。

「——じゃあ、食べようか」

「はい」

いつも通りの優しい桐谷さんは、にこっと微笑《ほほえ》んで美味《おい》しそうにカレーを食べる。私も同じように目の前のカレーを口に運んだ。

「あ、そうだ。今日は鈴村君に何かされなかった？」

「はい、また食事に誘われましたけど、それ以外は大丈夫でした」

「……そう」

それ以上鈴村さんのことを聞かれることはなかったけれど、心配してくれているんだ、と嬉しく思う。

しばらくすると桐谷さんが再び話し出した。

「……悪いんだけど、今日、伊藤さんのベッドで寝てもいい？」

「へぇっ……⁉」

急に何を言われるのかと思いきや、そんな刺激的なことを言い出されて、私は心臓が飛び出そうなほど驚く。

「え……っと、それは、どういう……？」

「昨日ベッドを揺らしすぎたみたいで、ベッドマットが壊れてしまったんだ。真ん中が沈んで寝にくくて……」

桐谷さんが、私の顔をうかがうように眉根を寄せた。

私たちが激しくエッチしてしまったせいで壊れたということでしょうか……

私は変な汗をかく。

「新しいのを買うまで、ダメかな？」

「……シングルなので狭いですけどいいですか？」

「もちろん、いいよ」

むしろそちらのほうが好都合だと言わんばかりの笑顔を向けられて、私はまたドキドキする。

――本当にもう発情は終わっているんだよね？

つい疑いたくなるようなことばかりが起きていた。

――一緒のベッドで眠るなんて緊張する！　どうしよう!!

なんて思っていたのに、昨夜あまり寝ていなかったということもあって、食事を終えてお風呂を済ませると、桐谷さんが私の部屋に来るのを待つまでの間に私は眠ってしまっていた。

翌朝、目を覚ますと桐谷さんに腕枕をされていて、驚きのあまり大声を上げる。

「き……きり、きり……桐谷さん……っ！」

「おはよう」

――そんな爽《さわ》やかな顔で挨拶《あいさつ》をされても困ります！　いつの間に私のベッドに入ってきたの？

彼が来る前に、ぐっすり眠り込んでいて起きるまで気がつかなかった。

起きてすぐ目の前に桐谷さんの美しい寝顔があって、心臓が止まるかと思う。

「何をしても起きないくらい爆睡してたね」

「な、何をしたんですか……っ？」

「何もしていないよ。ふふ」

桐谷さんはからかうように話して、私の顔をじっと見つめる。

「寝顔、可愛かったよ」

「み、見たんですか……っ⁉」

「うん、じっくりとね」

まだ覚醒《かくせい》していないような、とろんとした眼差《まなざ》しの桐谷さんにドキドキしてしまう。

確実に二人の距離が縮まっている気がして嬉しい。

そんなやり取りに喜びを感じながら、私は毎日を過ごした。けれど、ちょっと気になることがある。

最近、会社のデスクでパソコンから顔を上げると、桐谷さんと目が合う回数が増えたのだ。言葉を交わしていないし表情も変えていないはずだが、通じあっているみたいに感じる。

それからエレベーターの中で二人きりになると、プライベートな話をするようにもなった。

「今日、帰りに一緒に買い物して帰ろうか」

「え……？」

「冷蔵庫にあまり食材がなかっただろ。いつもより大きなスーパーに行って、食材を調達しよう」

「いいんですか？　二人で出歩いているところを会社の人に見られたら、誤解されてしまうかもしれませんよ」

「構わないよ。じゃあ、あとで」

――誤解されても……構わないの？

些細《ささい》な言葉に期待してしまい、私はいちいち胸をときめかす。過剰な期待をしてはダメだと必死で言い聞かせた。

特別な意味がなくても、同居人として仲よくしてもらって、桐谷さんにとって近い存在になれたのだ。それで満足しなくちゃ。

その日は、少し遠くにある大型スーパーに行き二人でたくさんの食材を買い込んだ。普段行く店にない総菜《そうざい》を買ってみたり、変わった調味料を買い足したりして楽しい時間を過ごす。お酒は自社製品のサンプルがあるので困らない。

次の日も、一緒にキッチンに立って、おつまみの作り合いっこをした。

特別な日が何げない日常となっていく。

休日は、今まで一人で見ていた海外ドラマを一緒に見て、ああでもないこうでもないと感想を言い合う。彼は私の好きなドラマに興味を持ち、一緒に見ようと言ってくれたのだ。

「伊藤さんは、こういう男がタイプなの？」

「このヒーロー、すごく格好いいんです！　ヒロインを守るために一生懸命、手を尽くすんです」

自分の趣味を人に話すことなんてなかったので、新鮮だ。寝不足になるほど自分が夢中になっているものに興味を持ってもらえて嬉しい。

桐谷さんは知れば知るほどステキな男性で、私の中に秘めていた恋心は大きくなっていくばかり。

桐谷さんとの距離は確実に縮まっていってる。それが嬉しくて、くすぐったくて、毎日が楽しい。

ずっとこの楽しい日々が続くといいな。

そう願った。

――数日後。

私たちブランド戦略部のメンバーは、午後から会議室に缶詰めになっていた。桐谷さん率《ひき》いるRTD担当は、真剣な面持《おもも》ちで資料に目を走らせている。

RTDとは――ready to drink の略。蓋《ふた》を開けてすぐに飲める、いわゆる缶やペットボトル入りの飲料のことだ。

私たちは、今、様々な種類の缶酎ハイをどうやって売っていくのか考えている。

週に一度の会議では、今後どういうプロモーションでお客様にアプローチしていくか話し合う。

小泉《こいずみ》さんという二期上の先輩が、みんなの前に立ちプレゼンを始めた。私はその補佐としてパソコンを操作し、プロジェクターに資料を映し出す。

「今回私が考えたのは、若年層に向けてのイベントです。今回も伊藤さんにフォローをしてもらいながら進めていきたいと思っています。では、皆さん、資料を見ていただけますか」

事前にメールで送信していた資料のデータを見てもらう。

「今回の企画は、私たちの担当しているＰｕｎｃｈの販促イベントです。特徴的なこととしては、ターゲットを二十代前半の方に絞っています」

購入者のデータを分析したところ、Ｐｕｎｃｈはアルコール度数が高いストロング系であるためか、年齢層がやや高めの男性に好まれていた。

けれど今回のイベントでもう少し幅を広げたいと考えている。

「最近の二十代前半の人たちは、三十代以上の人たちに比べてお酒の付き合いを断る、また自宅などでも飲まない傾向があります。その層にあえてターゲットを絞り人気が出れば、売り上げの増加が見込めます」

小泉さんの話に合わせて、パソコンを操作する。その合間にぐるりと会議室を見渡すと、桐谷さんが真剣な表情で前を見ている姿が目に入った。

「今回、私が考えたのが、このクラブイベントです。うちの社でも新商品を出した際に大型ショッピングモールや量販店でイベントを企画していますが、そのときのターゲットはファミリー層、三十代以上の方々でした。そこに入らなかった若年層を狙うため、クラブで若者を集めようと考えました」

パーティが好きな人以外にも参加してもらえるように、さまざまなジャンルの媒体で事前に告知し、二十代向けの雑誌やインターネット、ＳＮＳで集客を狙う。

「若年層の強みはＳＮＳです。ＳＮＳ映えするようなイベントにし、Ｐｕｎｃｈを飲んでもらう。そしてそれを情報として発信してもらえば、認知度が上がると考えているのですが……。桐谷部長、どう思われますか？」

「なかなか面白い企画だと思う。今までなかった感じの新しい試みだね」

「はい。私の大学時代の友人でクラブ経営に携《たずさ》わっている者がいるので、箱の確保は上手くできます。ただコスト面が気になっていて……」

会場は通常よりも安く借りられるとはいえ、それ以外の経費もそれなりにかかる。ドリンクを配ってもらうスタッフや、イベントのメインとなるゲストの手配など。もし芸能人を呼ぶとなると、高額のギャランティが発生する。当然、予算オーバーだ。

その点を小泉さんが桐谷さんに相談した。

「質問なんだけど、アルコールに興味のない二十代の人たちにアプローチしたいのであれば、そういう人たちが集まる場所でのイベントは考えなかった？　クラブで遊ぶ人たちの多くは、もともとお酒が好きだと思うんだ」

うっ……。さすが桐谷さん、鋭い指摘だ。しかし小泉さんはひるむことなく、桐谷さんに返答する。

「はい、そうですね。しかしお酒が苦手、嫌いな人に突然お酒を勧めても、この手のタイプの刺激が強い酎ハイは絶対手に取ってもらえないとも考えているんです。まずは今回のようにイベントに来ている、もともとお酒が好きな人たちに商品のよさを知ってもらい、そこからSNSでバンバン発信してもらって、認知度を上げるのが目的です」

「なるほどね。予算の話に戻ろう、続けて」

「はい。では――」

さすが小泉さん。

このイベントに情熱を注いでいることは、一緒に仕事をしている私が一番知っている。数ヵ月前から「こんなイベントがしたいんだ」と打診されていて、今日のためにデータを収集し、検討してきた。

ちょっぴり……いや、だいぶ派手めな彼女は、パーティやイベントが大好きな人だ。見た目のチャラさに反して、頭が切れて仕事ができる明るい先輩を私は尊敬していた。

その先輩と一緒にＰｕｎｃｈの担当をするようになって、早数ヵ月。彼女からたくさんのことを学ばせてもらっている。

「コストを抑えすぎてクオリティの低いイベントになることを懸念しています。何かいい案があればいただきたいのですが……」

どこまで予算を組めるかによって、できることが変わる。集客には中身がとても重要だ。

「もともとあるクラブイベントに協賛という形で参加させてもらえばいいんじゃないか？　それならわざわざ一からイベントを企画しなくていいし、すぐに実行できる。コストが抑えられる分、回数をこなせるだろう」

桐谷さんはそう提案した。私たちの中になかった意見をもらえ、目からウロコが落ちる。

「いいですね！　それならスムーズにいけそうです」

「じゃあ、今の内容でもう一度企画書を作成して。あわせて協賛させてもらえそうなイベントをピックアップしてくれ。担当者と連絡をとって、許可をもらっておくこと」

「はい」

桐谷さんはやっぱりすごい。

企画がいっきに進みはじめる。

テキパキと次の仕事を指示されて、私は急いでメモをとった。自分の企画したものが実現に向かって動き出し、胸がわくわくしてくる。

忙しくなりそうだ。クラブなんて行ったことないけど、たくさんの人たちにＰｕｎｃｈを飲んでもらえたら嬉しい。

上機嫌で会議を終え、部屋の掃除をしていると、鈴村さんが私のほうに近づいてきた。

「伊藤さん！　お疲れ」

「お、お疲れさまです……」

内心ビクつきながら、彼に笑顔を向ける。

鈴村さんに公開告白をされて以来、なるべく二人きりにならないようにしているのだけど、彼は事あるごとに私の前に現れて食事に誘ってくる。

　毎回何らかの理由をつけて断っているが、先輩を邪険に扱うのはためらわれて困っているところだ。

「それにしてもクラブイベントなんて、伊藤さんのイメージじゃないね」

「そうですよね。私、実は行ったことないんです」

「だよね。伊藤さんは行かなそうだもん。ねぇ、もしよかったら、今度僕と二人で下見に行かない？」

「え……？」

「いいでしょ？　百聞は一見に如《し》かずって言うじゃない。事前に勉強しに行こうよ」

　でも……下見なら小泉さんと一緒がいいし、告白してきた鈴村さんとそういうところに行くのは、気が乗らない。彼に気を持たせるつもりはないし、これ以上会社で噂が立つのは困る。

「ね？　行こうよ」

　返答に困っていると、鈴村さんがぐいぐいと近寄り、なおも誘ってきた。

　――ここはきっぱりと断らないと伝わらないよね。

「結構です。行くのなら、小泉さんや皆さんと一緒に行きましょうよ」

「えー？　そんなに照れなくても。二人で行こうよ。あ、そのあと普通に食事に行く？」

「照れているわけじゃ……」

思い切って、はっきりと行かないと伝えているのに、なんか上手く伝わっていない……鈴村さんには、照れているのだと受け取られているようだ。どうすればもっと誤解なく伝わるのか考えるけど、こういう経験がない私にはとても難しい。

「僕がいろいろ教えてあげるよ。伊藤さんは何も知らなそうだもんね。そういうところがすごくいいんだけど」

わぁ……。どういうふうに返答をしていいか見当もつかない言葉が飛び出してきた。ますますどうしていいかわからず困惑していると、遠くから私の名前を呼ぶ声が聞こえてくる。

「伊藤さん、さっきの件で確認したいことがあるんだけど、いい？」

「はい、すぐ行きます！　鈴村さん、すみません。失礼します」

会議室の入り口から桐谷さんに呼ばれた私は、それを幸いと鈴村さんから離れて会議室を出た。

「お待たせしました」

「……ああ。ごめん、資料に書いてあった。せっかく来てもらったけど、デスクに戻ろう」

私は急いで桐谷さんのほうに向かったが、とくに話はなかった。二人で並んでブランド戦略部のフロアに戻る。

桐谷さん、また助けてくれたのかな？

何も言っていないのに、すぐに気がついて助けてくれる。

いつもこうしてさりげなく手をさしのべてくれる桐谷さんに胸をときめかせながら、私は再び仕事に戻った。

4

イベントの件は順調に話が進み、来月の週末にクラブイベントが実行できることになった。この件の担当である小泉さんと私は、最終調整に勤《いそ》しんでいる。

「あー、疲れた。ねえ、伊藤さん、このあと飲みに行かない？」

「いいですね〜、飲みたいです！」

ちょうどよかった。今日は桐谷さんも遅くなるって言っていたし、夕飯を一人で済ませる予定だ。最近忙しくて外食をする余裕がなかったから、こうして食事に出られるのは嬉しい。

「じゃあ、さっさと仕事を終わらせて飲みに行こう！」

「はい」

会社の近くに本格的なピザの専門店ができたので、私たちは仕事を終えたあと、そのお店に行くことになった。

遅くなる場合は桐谷さんに連絡しておくのだけど、今日はやめておく。

用事だって言っていたので、邪魔をするのは悪い。

私はなんの連絡も入れず、小泉さんと食事に出かけた。

——深夜一時。

「あー、もう飲めない……」

ふらつく脚《あし》をなんとか動かしながら、マンションのエレベーターに乗り込む。

お酒が大好きな小泉さんが赤ワインをボトルで頼むものだから、たくさん飲まされてしまった。

私以上に酔っていた小泉さんは大丈夫なのかな……？　一応、小泉さんのマンションの前まで送り届けてきたけど……ちょっと心配。

桐谷さんはもう帰ってきて寝ているだろう。起こさないように静かに部屋に入らないと。

なんだかんだであの日以来、私と桐谷さんは一緒のベッドで寝ていた。

休日のたびに「マットを見に行かないのかな？」と思うのに、彼が買いにいく気配は一向にない。

狭いベッドで寝にくいだろうに、桐谷さんは私に密着して眠る。

――こっちの気も知らないで、いつも私にくっついて寝るんだから。ドキドキするし、緊張してなかなか眠れないんだからね。

でも好きな人にあんなふうに抱き締められて寝るなんて夢のような出来事で、拒否などできなかった。

できることならこのままずっと一緒に寝たい……

きっと桐谷さんは私のことを抱き枕だと思っているのだろう。せめて、抱き心地がいいと思ってくれていたらいいな。

なんて考えながらマンションの鍵を開けた。

「……あれ?」

いつもこの時間には桐谷さんは就寝しているのに、煌々《こうこう》と電気がついている。

そして玄関には、お風呂上がりらしき桐谷さんが立ち、腕を組んでこちらを見ていた。

「何時だと思っているんだ?」

「え、えーっと、一時……です」

「一時です、じゃないだろう。嫁入り前の女性がこんな時間まで外にいるなんて、何を考えているんだ?」

ええ……っ、桐谷さん、すごく怒ってる。

彼は今まで見たことないほど厳しい顔つきで、ただならぬ雰囲気を醸《かも》し出していた。

仕事でミスをしたときでも、こんな怒らないのに、今日はどうしちゃったの……？

「……遅くなって、すみません……」

「何度連絡をしても繋がらないし、どこにいるかもわからない。どうしたんだと心配するだろう？」

今日行ったお店は半地下で、私たちの席は一番奥の席だった。おそらく電波の圏外になっていたのだろう。それなのに桐谷さんは、何度もメールや電話をくれていたらしい。

「ごめんなさい。小泉さんと一緒に飲みに行っていました」

「小泉と……？　本当か？」

「本当です。仕事が終わってから、一緒に飲みに行こうってことになって……」

近くのピザ専門店で、ワインが美味《おい》しく、本格的な窯《かま》があって、店員さんはイタリア人のイケメンで……と話していると、桐谷さんが近づいてきて、私の顔をまっすぐに見つめた。

「信用できないな。こんな時間までお前を引っ張り回すなんて、男だろ」

「……え？」

「鈴村とデートをしていたんじゃないのか？」

「まさか……！　違います!!」

鈴村さんとは一度も出かけていない。私が鈴村さんを好きじゃないって知っているはずなのに、どうしてそんなふうに疑うんだろう？

「じゃあ別の男とか？　こんな胸の開いた服を着て……誰かを誘惑したとか？」

——あれ……？　なんかおかしい。

いつもの桐谷さんの口調じゃないことに気がつく。

いつもはこんな乱暴な言い方をしない。もっと優しいトーンで話してくれるのに……

今日って何日だっけ？

酔っぱらって上手く回らない頭で必死にカレンダーを思い浮かべる。先月桐谷さんが有休をとっていた日から何日経ったか考えた。

くるくると計算していると、ちょうど一ヵ月だったことに思い当たる。

もしかして……今日は、あの日なんじゃないの!?

桐谷さんの男の子の日——いわゆる、発情デーが今日である可能性が高い。私は背筋を凍らせた。

「どうして何も答えない？　俺以外の男とセックスしたんじゃないだろうな？」

「いやいやいや……っ、していません、本当に！」

唇が触れそうなほど顔が近づき、私は廊下に追い詰められた。もう逃げられない。

お風呂上がりのいい香りのする桐谷さんからは、まだ湯気が上がっていて熱気が伝わってくる。

そんなに近づかないで。私はまだお風呂に入っていないし、汗くさいはず。

「あの……近づかないでください。私、臭いですから……」

「臭くなんかねぇよ。なんだよ、男に触られてきたのを隠しているんだろ？」

「だから違います！」

「じゃあ、証明してみせろ」

「ええ……っ⁉」

桐谷さんは私のジャケットのボタンを弾《はじ》くように軽やかに外していく。

ジャケットが開き、中のボウタイシャツも捲《まく》り上げられてブラジャーの上から激しく胸を揉《も》まれた。

「ダメ……っ、桐谷さん……、あぁ！」

逞《たくま》しい体に抱き寄せられると、抵抗できない。熱い肌に包まれて、私の鼓動がどんどん速くなっていく。

甘い声が抑えきれずに、つい口から漏れ出た。

「……あっ、ぁ……ん、だ……めぇ……そんなに、強くしちゃ……」

「もう我慢の限界なんだよ。一ヵ月我慢しただけ、褒めろ」

荒い呼吸を繰り返す彼は、貪《むさぼ》るように肌に吸いつく。

ちゅうっと吸い、汗の残る肌を味わうように舌で舐《な》め上げられた。そのぬるぬるした温かな舌が動くたび、私の体から力が抜けていく。

「……なのに他の男とセックスしていたら、怒って当然だよな」

「だ……から、してませ……ん、ああっ」

「そんなのわからない。ほら、脚《あし》開け」

両脚の間に桐谷さんの脚《あし》が入り込み、閉じられないようにされてしまった。

彼は私のタイトスカートを捲《まく》り上げ、強引にストッキングを破ってショーツへ手を伸ばす。

「ああ……っ、そんな……」

「すごく濡れてるじゃないか。ぐちゃぐちゃだぞ？　ここに、俺以外の男を受け入れたからじゃないだろうな？」

「そんな、こと……してな……ぁ！　ああんっ」

桐谷さんに言われた通り、私の秘部はすでに潤《うるお》い、蜜が溢《あふ》れている状態だった。

帰宅早々お風呂上がりの色っぽい桐谷さんの体を見たせいだ。

わざと音を立てるみたいに、桐谷さんが中で指を振動させた。内側を擦《こす》られる刺激で余計に蜜が溢《あふ》れてきて泣きそうになる。

「や……っ、音……たてないで……ぇ」

「中は狭いままみたいだけど……まだわからない。ちゃんと確かめないと」

がくがくと脚《あし》が揺れて、体勢が不安定だ。座り込みたいのに許してもらえず、私は桐谷さんにしがみつきながら愛撫《あいぶ》を受け入れ、啼《な》き続けた。

「あ、あぁ……っ、も……激し……あぁ、だめぇ……っ」

「どんどん濡れてくる。まだ慣れてないのに、気持ちいいんだ？　なら、もっとしてやるよ」

「ああっ、そんなに……混ぜないで……！　おかしく、なっちゃうから……ああっ」

酔いと快感で何度も飛びそうになる。目を閉じたまま、どんどん追い込まれていった。

立っていられないほどの愉悦《ゆえつ》で、声が出ない。

桐谷さんの指が激しくなり、私は腰を揺らしながら限界を迎えた。

「あ……っ、ああ、も……だめ……っ――」

奥から何かが噴き出す感覚のあと一気に昇りつめて、がくんと脱力する。

「はぁ……はぁ……」

――何、今……の。ジェットコースターのようにかけ上がって、一気に急降下したみたい。わけがわからなくなるほど気持ちよくて、余韻で体が震えている。

「菜々、イッたのか？　可愛い」

「可愛く……ない、ですよ……。何がなんだか……わかりません……」

「スーツも廊下もベトベトだ。お前、見かけによらずエロいよな」

「エロっ……誰のせいですか……。もう……恥ずかしい……」

恥ずかしさのあまり泣きそうになっていると、桐谷さんは私の頬を撫《な》でて、ちゅっと甘いキスを落とした。

「いいだろ、俺がそうなってほしいって望んでんだから」

——そうなの……？　こんなぐちゃぐちゃになっているけど、それでも構わないの……？

ふらつく体を抱きかかえられ、桐谷さんの部屋に向かう。壊れているはずのベッドは綺麗に整えられていて、私はその上にそっと置かれた。

「あの……ベッド……」

「今日、仕事帰りに買いに行ったんだ。やっぱりセックスするなら広いベッドのほうがいいだろ？」

そんな理由で……と言いそうになったけど、やめておいた。

じゃあ、これからはまた元通りにそれぞれのベッドで眠るのかと考えていると、桐谷さんが口を開く。

「今日から菜々はこのベッドで一緒に寝るんだぞ」

「もう我慢するのはやめた。放っておいたら、お前はどこかに行ってしまいそうだ。それでなくても鈴村につきまとわれて、厄介なのに」

私はぶんぶん、と全力で頭を横に振る。

どこかに行くなんてとんでもない！　どこにも行きませんってば。私は桐谷さんだけを一途に想っているんですよ――

全然伝わっていないけど。

「菜々は危機管理能力が著《いちじる》しく欠如してるんだ。無自覚で男を誘惑しているだろ」

「ええーっ、そんなこと、絶対ありませんって」

「いや、俺が言うんだから間違いない。だから俺の性欲コントロールと一緒に、菜々の体も俺が管理してやるよ」

「管理……？」

「菜々の体は、俺専用ってことだ」

マウントポジションになった桐谷さんは、着衣のまま私の姿をじっくりと見つめて、悪巧《わるだく》みをするような笑みを浮かべた。

「いい考えだろう？」

――いい考えって……！　それってどういうこと？

「え……？」

詳しく聞きたいのに、桐谷さんは私の言葉を封じるように中に屹立《きつりつ》を埋《うず》めていく。

「あぁっ……は、ンっ……！」

初めてではないとはいえ、この行為にまだ慣れていない。大きな彼のものを受け入れると、中が圧迫されて苦しかった。

「あ……あぁっ……おっき……。あぁ……っ」

「やっぱ、まだキツいな。俺以外のものは入ってなさそうだ」

「だ、から……そう、言って……」

「でも、じっくり確かめないとな」

桐谷さんは「はぁ……」と熱い吐息を漏らす。そして、色気たっぷりの表情で私を見下ろした。

「全部入ったぞ」

「あ……う。……んんっ、苦し……」

「今日は一度も抜かなかったし、この前より硬いかも」

すぐに動くと痛いだろうと彼はじっくりと時間をかけて、膨張したものを隘路《あいろ》に馴染《なじ》ませる。

「動いてなくても、気持ちいいなんて、ヤバいな」

「そう……なん、です……か？」

「ああ。菜々の中、絡《から》みつくように締めつけてくる」

「あっ……！」

挿入されたまま、蜜を絡《から》めた指で花芯を擦《こす》られる。

ビリビリと電流が走るみたいな刺激的な快感が全身に広がって、腰が引き攣《ひ》《つ》った。

私の中を確かめるように、桐谷さんの引き締まった腰が淫《みだ》らに動いていく。繋がった場所から蜜音が激しく鳴り、二人の交わりの深さを知らせてきた。

彼が動くたび、内臓がえぐられるみたいな感覚がする。苦しいほど圧迫されて呼吸が上手くできない。

「……っ、ん……あ……。はぁ……」

「早く俺の形に馴染《なじ》めばいい。色んな角度から俺を感じろ」

そう言うと、桐谷さんは私の腰を掴《つか》み、奥にねじ込むように挿し込んだ。飢えた獣みたいに激しく私を求めて、抽挿《ちゅうそう》を繰り返す。

熱に浮かされ無我夢中で私を求める桐谷さんは、普段の冷静で温厚な彼からは想像ができないほど野性的だ。額《ひたい》に汗を浮かべ、中を味わい尽くそうと腰を動かす。

最初は苦しかったはずなのに、だんだんと慣れた私は快感に溺れはじめた。

刺激的で官能的。そんな甘美《かんび》な感覚は、知れば知るほど抜け出せなくなりそうで怖い。

「あんっ……はぁ……、あ、ぁ……っ、桐谷……さん……！」

最奥に彼を感じた私は、あまりの快感に戦慄《わなな》く。自《みずか》ら腰を揺らして悦《よろこ》び、きゅうっと彼を締めつけた。

「そんなに煽《あお》るな。持たなくなる」

「そ、んな……つもりじゃ……」

そんな余裕はないし、そもそもどうやって煽《あお》るのか知らない。桐谷さんに与えられる快感に包まれて、それを追うことしか考えられなくなっている。

「ほらな。無意識ってやつは厄介だ」

呆れるように言い放たれ、動きが激しくなった。

「あぁん！　あぁ……っ、ごめん、なさ……」

「怒っているわけじゃない。……困っているんだ」

桐谷さんの言葉の意味を考えたいのに、この行為にどっぷりと沈む私には、何も考えられない。激しさを増す揺さぶりに翻弄《ほんろう》されながら、どこかに連れて行かれるような不安を感じていた。

「けど、そんな菜々にはお仕置きだ」

「え……？」

桐谷さんに腕を引かれて、私の体が起き上がる。そして仰向けになった桐谷さんの上に乗せられ、服を全て剥《は》ぎ取られた。

「こ、これ……っ、恥ずかしいです」

「大丈夫。俺しか見てないから」

「そういう問題じゃなくって……」

——桐谷さんに見られるのが恥ずかしいの。

こんな体勢では……全部見えちゃう。

逞《たくま》しい体の桐谷さんと私が繋がっているのが目に映った。居たたまれなくなった私は、身を縮こまらせてそこを隠す。

「隠すなよ。余計見たくなるだろ」

「そんな……。見ないでください」

「可愛いやつ。めちゃくちゃにしたくなる」

「ええ……っ⁉」

——発情モードに入った桐谷さんの「めちゃくちゃ」って、本当にめちゃくちゃに貪《むさぼ》られそうで怖いんですけど……！

止めようとしたときには、すでに腰を掴《つか》まれ動かされていた。

「あ、ああ、ん……っ、や……ぁ、深い……っ」

「ああ、いい……。菜々の中、すっげぇ、エロいことになってる。すぐに出してしまいそう」

そういうエッチなことを言わないで……

桐谷さんの興奮が私にも伝染してきて、我を忘れそうだ。

「菜々、もっと動いて。そう、腰を浮かせて、繋がってるところを見せて」

「や……ぁ、そんなこと……できな……ぁっ、ああ」

できないって言ったのに、桐谷さんの手が伸びてきて私の脚《あし》を立たせM字に開いた。

こんな格好をしたら、繋がっているところが丸見えだ。

羞恥《しゅうち》のあまり泣きそうなのに、桐谷さんはますます欲情しているみたいで、激しく腰を揺らす。

「あぁ……エロい。菜々の中に、俺のが入って……はぁ……」

「あ、あぁ、あん……っ」

どんどん加速していく動きに、私は体を仰《の》け反《ぞ》らせて悦《よろこ》ぶ。恥ずかしくてたまらないのに、すごく気持ちがよくて、彼に溺れていく。

ガツガツと突き上げながら私の胸を鷲掴《わしづか》みにする桐谷さんは、色欲に溺れた獣だ。

そんなところも格好いいと感じる私は、本当にどうしようもない。同じ熱量で高まっている私も、桐谷さんと同類だ。

だから、貫《つらぬ》かれるたびに、じりじりとお腹の中が熱くなっていった。

「菜々」

名前を呼ばれた瞬間、ゾクゾクッと快感が走る。名前を呼ばれた喜びと肉体的な快楽が合わさり、大きな愉悦《ゆえつ》となる。

「痛くないか？」

「……はい、痛く……ない……です。あぁ……っ、ん、ぁ……」

「じゃあ、気持ちいい？」

答えをねだるみたいな甘い声で聞かれ、その声にも感じて震えた。

気持ちいい。桐谷さんと繋がって中を突かれると、何も考えられなくなるほどどろどろの快感で頭の中が埋め尽くされる。

「ねぇ、菜々。俺の……これ、気持ちいい？」

そんなこと聞かないで。気持ちいいと答えるのは恥ずかしい。

何も言えないで顔を逸《そ》らしていると、動きが緩《ゆる》やかになった。

「気持ちよくない？　やめる……？」

「や……」

それは嫌だ。

ぐりぐりと中を穿《うが》たれていたときの快感が忘れられない。動きが止まると、じれったくてたまらなくなる。

「ねぇ、菜々。教えて？」

桐谷さんはいじわるだ。

　きっと私が気持ちいいことなんて、わかっているはず。その上で言わせようとしているに違いない。

「やめ……ないで」

「え？」

　涙目になりながら、桐谷さんに懇願する。

「──気持ち、いい……っ、から……やめないで。ん……っ」

「そんなこと聞いたら、もっとデカくなる」

　中にいる桐谷さんが、ぐっと膨《ふく》れたような気がした。苦しいほどぴったりと収まっていたソレがもっと大きくなり、感覚がより鮮明になる。

　そして、動きが再び激しくなっていった。

「だめ……そんなに、おっきいの……苦しい……」

「菜々、俺に馴染《なじ》んで。もっといっぱい入れてやるから」

「ああ……っ、や……だめぇ……激し……ッ」

　何度も抽挿《ちゅうそう》されて、ぬめった肉感に気が遠くなる。それと同時に花芯を指で捏《こ》ねられて、強烈な快感が全身に走った。

「そろそろイキそうだ。いいか？」

　吐息まじりの低い声でそう告げられ、私の胸は高ぶる。

「あ……あぁ……っ！　いい……です、きて……くださ……あぁ！」

私がそう答えると、暴れるみたいに激しく揺らされた。

「あ……あぁ……っ、気持ち、いい――」

そんなことを言うつもりなどなかったのに、思わず声に出していた。

どうして言っちゃったんだろう――そう後悔したけれど、桐谷さんを見ると、嬉しそうな表情をしている。

「俺も。もう……本当に我慢できない」

私の腰を引き寄せる手にぐっと力がこもる。切羽詰《せっぱつ》まった激しい動きのあと、最奥に擦《こす》りつけるようにねじ込まれた。

「んっ……ふ、あ……あっ！　あぁんっ！」

私ももう限界。

気持ちよくて意識が朦朧《もうろう》としてる。繋がっている場所がすごく熱くて、どこかに飛ばされてしまいそうだ。

「桐谷……さん……！　ああっ――」

彼に手を伸ばすと、ぎゅっと強く握ってくれた。

「菜々……っ、――」

二人で一緒に昇りつめる。

声が出ないほど感じながら、大事な場所を擦《こす》り合わせて、快感のもっと先を目指す。

名前を呼ばれたあと、食いしばるような声とともに奥に脈動を感じた。私は腰を震わせて絶頂を味わう。

今まで何度も気持ちいいことをされてきたけれど、繋がったままこんなふうになったのは初めてだ。想像もしていなかった愉悦《ゆえつ》にさらわれている。

もちろん、今夜もこれで終わるわけはなく……私は、朝まで何度も同じテンションで求められ続けたのだった。

5

翌日。

同じフロアにいる桐谷さんが真剣な表情で仕事をしている様子をチラチラ見て、私はため息をついた。

昨日は発情デーの予定ではなかったのか、桐谷さんは有休をとっていない。

「伊藤さん、悪いんだけど、このデータを共有ボックスに入れておいてくれる？　それからこれを商品管理部に渡してほしい」

「……はい、わかりました」

昨夜あんなに激しくエッチしたというのに、彼はまるで何もなかったかのような自然な態度だ。むしろ、昨日のことで性欲が抑えられ、落ち着いているようにも見える。

私は桐谷さんの顔を見るたびに思い出して、取り乱しそうになるというのに……。

桐谷さんから手渡された書類を持って歩き始める。

最初に体を求められたときは、事故のようなものだった。桐谷さんの発情デーにたまたま居合わせたのが私で、その欲求を解消する相手になったのだ。

苦しい状況から脱するために一度求められただけのはずだけど、昨夜、二度目をしてしまった。一緒に住んでいて「ずっと我慢していたんだ」なんて言っていたけど。

――そうなの？　我慢してくれていたの……？

〝菜々の体も俺が管理してやるよ〟

〝菜々の体は、俺専用ってことだ〟

「ああっ！」

つい彼の言葉を思い出した私は、鼻血を出しそうなほど興奮してしまった。誰もいない廊下にしゃがみ込み、抑えきれない興奮に声を上げる。

ダメだ、完全にキャパオーバーしている。

――これってどういうことなの？　私の体が桐谷さんに独占される？　私って、桐谷さんにとって他の人と接触したら嫉妬《しっと》される存在になっているの？　だとしたら、すごく嬉しいんだけど!!

一旦落ち着こうと思うのに、頭の中にあの言葉が浮かんできて全く興奮が醒《さ》めない。

でも、私、正式に桐谷さんのセフレになったってことなのかな？

これって喜ぶべき？

できることなら恋人になりたいのだけど、さすがにそれは望みすぎっていうか、私には持て余すような大役だよね……

セフレくらいでちょうどいいのかな？

いや、でもセフレになっていいものなの？　都合のいい女になってしまっていいの？

そう思いはしても、あんなにモテる桐谷さんにお近づきになれるなんてレアなことだ。

セフレでもいいから抱かれたいと思っている人は多いはずと、考えてしまう。

初めての男性との経験で、何が正解なのかわからない。

——ああ、もう。

なぜ私が選ばれたのかわからないけど、ここはラッキーととらえようと決めて立ち上がる。

これからどんな生活になるんだろう……

大好きな人と一緒に暮らして、ときに体を求められる。

ぞんざいに扱われることはなさそうなので、「あれ？　私、恋人なのかな？」と勘違いするくらい優しくされ、一緒に寝たり、食事をとったりするに違いない。

こんなことになるなんて、数ヵ月前まで想像してもいなかった。

現状を把握しようとすると頭がショートしそうになるから、考えるのをやめておく。

不安と期待を抱えながら、今はとにかく仕事に打ち込もうと、私は気合を入れなおした。

桐谷さんとの生活のルールでは、私が先にお風呂に入ることになっている。

私の帰宅がものすごく遅いときは彼が先に入っていることもあるけど、基本的には私の入浴が終わるまで桐谷さんは待っていてくれていた。

――なのに、この事態はどういうこと……？

「あの……っ、桐谷さん！　私、まだ体を洗っていなくて……」

「大丈夫」

いやいやいや……っ、大丈夫じゃありませんってば――！

帰宅してすぐにバスルームの掃除を終え、先にお風呂に入ってしまおうと思い、私が入浴し始めたとき、桐谷さんの帰宅した音が聞こえた。

今日は帰るのが早かったんだなーなんて思いながら、スポンジでボディソープを泡立てて体を洗っていると、「バタン！」と扉が開かれたのだ。

下半身にタオルを巻いた状態の桐谷さんに驚いている間に、手に持っていたスポンジを奪われる。

そして私の背後に回った彼は、背中を優しく洗い始めた、というわけだ。

「いや、あの……っ、こんなのダメです！　桐谷さん……っ」

「どうして？　菜々の体をメンテナンスするのも俺の役目だろ？　菜々の体は俺のものなんだから」

「そう、なんですか⁉　ええ……っ？」

堂々とそう言い切られると、そういうものなの？　と納得してしまいそうになるけど、いや、そんなことはないよね……？

桐谷さんに洗ってもらうなんて申し訳ないと恐縮している間に腕を洗われ、彼の手が前に向かってきた。

「恥ずかしい……から、もう大丈夫です」

「いや、よくないだろ。前が洗えてない」

私の体を包み込むように抱き締め、桐谷さんの手が私の胸元に近づく。

たくさんの泡でぬるついた手で撫《な》でられると、ビクンと体が大きく揺れた。

「くすぐっ……たい、です……」

「くすぐったい、ってことは、気持ちよくなる場所ってことだ」

「きゃは……っ、も……だめ……！」

お腹や腰を撫《な》でられて、くすぐったさに体をくねらせていると、彼の大きな手のひらは私の両胸を包み込み揉《も》み始めていた。

「いい反応だな」

「も……桐谷さん……ってば……！」

逃げられないほどきつくホールドされた状態で胸を揉《も》まれ、ぼうっとしてくる。

「会社では何もないような態度をとっているのに、家ではこんなふうにいやらしいことをしているなんて誰も知らないんだな」

「あぁ……っ」

桐谷さんの言葉に反応するように胸の先が硬くなって張りつめる。それを見つけられ、指で摘まれて転がされた。

「もっと綺麗にしないといけないな。ここだけでなく、下も——」

湯気の立ちこめるバスルームの中、洗うという名目で私の体は隅々まで触れられていく。

声を漏らすと響いてしまうから必死で押し殺しているのだけど、それが余計に快感を煽《あお》ってしまったみたい。

執拗《しつよう》に攻められ、最終的には喘《あえ》ぐほど気持ちよくされてしまった。

そして、こんなことはこの日だけかと思いきや、女の子の日以外は毎日コレが続く。

――これが私の体を管理するってことなのかな……？

私はなんだか腑《ふ》に落ちなかった。


――数週間後。

今度のクラブイベントで使用できるような販促品を探すため、私は会社の倉庫に向かっていた。

たくさんあるノベルティの山から目ぼしいものを探していると、誰かが倉庫に入ってきた音がする。私はそちらに顔を向けた。

「お疲れさまです。……あ、桐谷さん」

「お疲れさま」

今日は上層部の会議があったので、朝、桐谷さんの姿は部署になかった。

「クラブイベントの予算、結構とれたよ。いい感じに進められそうだ」

「よかったです。ありがとうございます！」

小泉さんが気にしていたイベントの予算を確保してくれた桐谷さんに、感謝の気持ちでいっぱいになる。

深々と礼をして顔を上げると、桐谷さんが近くまで来ていて私は驚く。

黒のタイトなラインのスーツを身に纏《まと》った彼はモデルのようにスタイルがよくて、私はつい見とれてしまった。その立ち姿は色香が漂《ただよ》うほどセクシーだ。

「伊藤さんはここで何してるの？」

「今度のイベントで使用するノベルティを探しています。可愛いグッズがあればいいんですけど――」

「そう。一緒に探そうか？」

「いえいえ、大丈夫ですよ！」

桐谷さんにそんなことをさせるなんて悪い。忙しい彼の手を借りるような仕事ではないと断ると、桐谷さんは「わかった」と答えた。

「菜々」

「え……っ」

急に下の名前を呼ばれて、胸が騒ぐように大きく鳴った。

会社では「伊藤さん」と呼ぶのに、突然、どうしたのだろう。低くて甘い声色で名前を呼ばれると、家でのことを思い出して全身が熱を持つ。

「髪が乱れてるよ。……ほら、ここ」

「……あ、本当ですね。直します」

倉庫で探し物をするからと、一つにまとめていた髪の一部が、確かにはらりと落ちていた。その髪に触れられる。私は髪の毛にも神経があるみたいに感じた。

「顔を上げて」

「え……?」

桐谷さんの声に反応して彼のほうに顔を向けると、ばちっと視線がぶつかる。

私をじっと見つめる黒い瞳から目が離せず、しばらく見つめ合ったままだった。気がついたときには、私の唇を塞《ふさ》ぐみたいに柔らかい唇が押しつけられている。

「……ん、ん⁉」

軽く数回触れ合ったあと、食《は》むように唇を求められた。声を上げないようにしているのに、二人の唇から生々しいキスの音が鳴る。

「だ……め、です……っ、桐谷さん……」

――こんなところを誰かに見られたりしたらどうするの?

私たちが特別な関係にあると勘違いされてしまう。

同居しているとはいえ、私たちはただの上司と部下だ。いろいろと普通な状況にないところもあるけれど、恋人同士ではない。

だから、今すぐやめてください――そう言わなきゃいけないのに、唇を奪われるまま抵抗できずにいる。

「舌、出して」

呼吸の合間に、吐息まじりに囁《ささや》かれた。その甘い誘惑するような声が耳から全身に響いて、私をゾクゾクさせる。

「俺の中に来て。……ほら、早く」

桐谷さんの舌が私の舌を誘うように口腔内《こうこうない》で動き回る。

はぁはぁと息が上がった。これ以上キスをしていたらブレーキがきかなくなりそうなほど、気持ちが高まっていく。

ここが会社であることを忘れそうだ。

「……菜々」

――ダメ……本当に、ダメなんだってば……！

そう思うのに、一度名前を呼ばれただけで、私の脆《もろ》い理性は崩れていく。

好きになった弱みとはこのこと。桐谷さんに求められたら、いつだって応《こた》えたくなってしまう。

私はしずしずと口を開いて舌を差し出した。

目を閉じているから彼がどんな表情をしているのか見えないけれど、桐谷さんの口角が上がったような気がする。

愛の行為の始まりみたいな濃厚な口づけを交わした。お互いの体を密着させて、唾液が垂れてしまいそうなほど淫《みだ》らなキスに溺れていく。

このままキスをしていたら、ほんとに、私……

会社で、まだ勤務時間で、みんなが仕事をしている時間帯なのに、何を考えているの。いけないいと思うのに、体はどんどん燃え上がっていく。

桐谷さん、好き……

前からずっと好きだったけど、この想いは加速して止《とど》まることを知らない。桐谷さんを知るほど、深みにはまっていく。

キスをされると、もっともっとと欲しくなって、欲張っちゃいけないって知っているのに止まれなくなりそうだ。

受け身だったはずが、私は自《みずか》らねだるように舌を動かして彼を求めていた。二人して息を乱しながら、情熱的な口づけを交わす。

けれど、その口づけは突然終わった。

「――そろそろ仕事に戻ろうか」

「え……？」

桐谷さんの声で我に返る。すっかりキスに夢中になってしまっていたことに気がついて、恥ずかしくなった。

「そ、そうですね。あまり長い時間一緒にいたら、怪しまれますし」

「菜々は落ち着いてから戻ってきたほうがいい。今の菜々、セックスしたあとみたいな顔してる」

「えっ――」

――私、どんな顔をしているの⁉

急いで両手で頬を押さえた。

「じゃあ、またあとで」

「お、お疲れさま、です……」

何事もなかったかのようにいつも通りに戻った桐谷さんは、私の頭を撫《な》でたあと倉庫を出ていった。

「ふぁぁ……」

――ねぇ、セックスしたあとみたいな顔って、どんな顔？

緩《ゆる》んだ表情をしていたのかと思うと、恥ずかしくてたまらない。

それだけじゃない。このまま先に進みたいと体を熱くしてしまっていた。あのまま桐谷さんに「抱きたい」と言われたら、簡単に許していただろう。

「刺激が強すぎる……」

私はずるずるとその場にしゃがみ込んだ。

長年桐谷さんに片想いをしてきた身にとって、会社でキスなんて憧れのシチュエーションどんぴしゃだ。これが現実だと受け入れるための脳内処理が追いつかない。

そういえば、この前桐谷さんと一緒に見ていた恋愛ドラマの中にも、こんなシーンがあったっけ。

……はぁ、もう、どうしたらいいの。

高ぶった気持ちと体をどう対処していいかわからず、私はしばらく倉庫に籠《こも》ってやり過ごした。

そうしてオフィスに戻ると、桐谷さんはいつも通りクールに仕事をしている。

さっきまで色気全開で卑猥《ひわい》なキスをしかけてきたとは思えないような真面目ぶりに感心してしまう。

私なんかまだ引きずってふわふわしているというのに……。桐谷さんの切り替え力、すごいな。

そんなことを考えながらノベルティが入った段ボールを持って歩いていると、鈴村さんがものすごい勢いで近づいてきた。

「伊藤さん、持つよ」

「ええ？　大丈夫ですよ。これ、箱は大きいですけど中身は軽いんで」

「ダメダメ。こんな大きな荷物を持って運んでいるところを放っておけないよ」

そう言って彼は私の手から段ボールを奪い、デスクまで運んでくれた。その様子を見た同僚たちが「熱いねぇ」と冷やかしてくる。

「いやいや、熱くないですよ！」

私がそう言っても、鈴村さんがすかさず「そうなんですよ～」とかぶせてくるので、私の否定はかき消されてしまう。

もっときっぱりと態度に出さないと鈴村さんに伝わらないのか、と私は肩を落とした。できることなら大事《おおごと》にしたくない。穏便にこの件を終わらせたいのに、なかなかそうはいかないみたいだ。

困惑しつつ頭を悩ませていると、桐谷さんのデスクのほうから女性の声が聞こえてきた。

「桐谷さん、お疲れさまですぅ～。これ、私が作ってきたクッキーなんですけど、お一ついかがですか？」

「ありがとう。悪いんだけど、今お腹が空いていないんだ。ごめんね」

「そうですか……」

別部署の女性社員がお手製クッキーを持って桐谷さんに近寄っていたけれど、見事に玉砕している。

ああいう光景は、よく見た。

相手を傷つけないように言葉を選んでいるけど、桐谷さんは女性の好意をきっぱりと断っている。ああやって女性を寄せつけない桐谷さんは偉い。

一方、同僚に言い寄られて、対処できないでいる私。

こんな不釣り合いな二人が深い関係にあるなんて、誰も気がつかないだろう。

誰にも言えないような爛《ただ》れた関係に、私はため息をついたのだった――

そして数日が過ぎた。

クラブイベントの開催にあたって、私と小泉さんは何度か会場に足を運んで当日の流れを入念に確認した。お客さんに提供するＰｕｎｃｈのノベルティや商品の搬入も済ませている。

今月と来月の週末に行われるいくつかのイベントで、Ｐｕｎｃｈオリジナルのコスチュームに身を包んだコンパニオンに商品を配ってもらうのだ。

このオリジナルのコスチュームは、ボディコン風のセクシーなもの。

こんなコスチューム、私には絶対着こなせない。けれど、プロのイベントコンパニオンさんは、モデルやレースクイーンなどをしている人たちだからよく似合った。

恥ずかしがることなく堂々とした態度で、私たちの前でくるっと回ってくれる。

タイトなミニ丈から、すらっと伸びる細い脚《あし》。太ももからふくらはぎまでほとんど同じ太さで、あまりの美しさについつい見てしまう。

「すごくスタイルがいいですね」

「ありがとうございます～」

クラブにも慣れていそうなノリのいいコンパニオンさんは、にこやかに返事をしてくれた。

今日はうちの会社でのリハーサル日なのだ。当日さながらに衣装を着た彼女たちと打ち合わせを済ませる。

あとは週末を待つばかり。

小泉さんはますます気合いが入っていて、週末に向けてネイルを新調していた。

「いよいよ今週末だね。毎週クラブに行くのは無理だけど、今週は初日だから顔を出すつもり」

「はい、私もその予定にしています」

イベントをやっていない時間帯のクラブスペースを見たけれど、すでに圧倒されるくらい煌《きら》めいていて華やかな場所だった。

あそこに何人もお客さんが入って、ライトがついたら楽しそうだ。

「今週のは音楽イベントだよ。人気のＤＪがプレイするらしいから、お客さん多いだろうね」

「どんな感じになるかドキドキします」

人生初のクラブ。

私の人生でまさかクラブに足を踏み入れることがあるとは思わなかった。

けど、海外ドラマにはクラブに行くシーンがよくあるから興味があった。

遊ぶわけでなく仕事での参加だけど、クラブがどんなところなのか、そしてお客さんたちにどんなふうにＰｕｎｃｈを飲んでもらえるのか想像すると胸が躍る。

笑顔の私に小泉さんが聞いてきた。

「伊藤さんはどんな格好して行くの？」

「え……？　もちろんスーツですけど」

「えええーっ」

急に大きな声を出されて驚く。

——え？　何か変？　仕事で行くんだから、スーツじゃない？

昼から夕方まではいつも通りの仕事があるんだし、私はそのままの姿でイベントに直行するつもりだったんだけど……

首をかしげる私に、小泉さんが詰め寄ってくる。

「ダメダメ！　そんな格好で行ったら楽しめないから」

「……楽しむ？」

「あ」

しまった、と口を押さえた小泉さんは、ぺろっと舌を出して笑う。

「せっかくのイベントなんだしさ、楽しまなきゃ損じゃない？　人気のイベントにタダで入れるんだよー、超アガるよね！」

「……そ、そうなんですね」

「だから、伊藤さんもそれ相応の格好をしていこう。私、貸してあげるよ」

私はいいですよ、と言っても聞き入れてもらえず、小泉さんの用意してくれた服で参加することになってしまった。

「可愛いの持ってくるから。伊藤さんに似合いそうな服あるんだ～」

「えぇー、でも……」

「大丈夫、私に任せなさい」

「うう……。じゃあ、露出少なめでお願いしますね」

「わかった、わかった」

軽く返事をする小泉さんに不安を抱きながら、イベント当日を迎えた。

二人で小会議室に集まり、段取りを再確認する。そこで大きな紙袋を手渡された。中身を見ると、昨日話していた服が入っている。

小泉さんに勧められるがまま、私は試着することになった。

「ええ～っ、小泉さん、これスカート短くないですか⁉」

「大丈夫、大丈夫。伊藤さん、脚《あし》細いから問題ないって」

「いや、でも……っ」

膝上が十センチはある黒のミニスカートに不安になる。

どう考えても短いのに、小泉さんはとても嬉しそう。これくらいの格好をしていかないと、逆に浮くと説得されてしまった。

「暗いから、どんな格好してるかなんて細かくは見えないよ。そんなに気にしなくて大丈夫」

「……そうですか？」

「そうだよ」

不安でいっぱいだけど、経験者の言うことに間違いはないだろう。

私は、小泉さんを信用して、この服を着させてもらおうと決めた。

十六時にクラブに到着し、最初はスーツ姿で今日のイベントの主催者に挨拶《あいさつ》をする。

そして準備が整ったあと、会場に溶け込むために小泉さんの用意してくれた洋服に着替えた。

私は白のふわっとしたノースリーブのトップスに、黒のミニスカート。小泉さんは胸元が大きく開いた黒のワンピースで、セクシーな感じに仕上げている。

「小泉さん、すごくセクシーですね」

「そう？　伊藤さんも可愛いよ。似合ってる」

小泉さんが言うとおり、クラブの会場にはこういう格好をした人ばかりだった。

一応ドレスコードもあるみたいなので、服を用意してもらってよかった。この格好なら自然に溶け込めるような気がする。

「ヘアアレンジもしてあげるよ」

「いいんですか？」

「うん。私、昔はヘアメイクの仕事に就きたかったんだよね。友達の髪とかセットしてあげるのが得意なの」

小泉さんはいつも色気のある巻き髪をしていて女子力が高いので納得だ。

常にストレートの私の髪が彼女の手によって、可愛らしくアレンジされていく。

「わぁ……！　可愛い」

小泉さん自前のコテで巻いてもらって、私はゆるふわヘアスタイルに変身した。今着ている服ともマッチしている。

「伊藤さん、すごく可愛いよ。ナンパされちゃうかもね！」

「いやいや、それはないですよ……！」

「鈴村が見たら、余計に惚《ほ》れちゃうだろうなー」

からかうように言われ、上がっていた気持ちが少し落ちる。

――鈴村さんはいいんです……

どうせなら、鈴村さんじゃなくて、桐谷さんに見てもらいたい。いつもと違う私を見たら、彼はなんて言うだろう？　ちょっとは褒めてくれるかな……？

鏡に映った姿を見て、そんなことを想像したら、ちょっと気分が持ち直した。

「じゃあ、行こうか」

「はい」

準備が整ったところで、私たちはフロアに出ていく。

タイムテーブルを確認し、ＰｕｎｃｈのＰＲの時間が来るまでフロアに待機してイベントの様子をカメラで収めた。

週明けにイベントの報告があるので、写真を何枚か撮っておかなければならないのだ。

そしてＤＪのプレイが終わり、ブレイクタイムになる。大きなプロジェクターにＰｕｎｃｈのＣＭが流れ始めた。

サプライズイベントなので、何が始まったのだろう、とお客さんたちがザワつく。

ＴＶで放送しているＣＭのあと、今回の企画に合わせて作った新しいプロモーションビデオが流れ、会場が盛り上がったところにイベントコンパニオンたちが登場する。

フロアにいる人々にＰｕｎｃｈを無料で渡し、ＳＮＳにアップを頼んでいった。

それぞれにＰｕｎｃｈを手に取りながら写真を撮っている人たちを確認し、盛り上がっているところも写真に収める。

とくに大きなトラブルもなく、予定通りに進行していく。

小泉さんはお客さんにインタビューして、私はその様子を動画撮影させてもらった。

私たちに与えられていた時間で無料配布を終わらせ、これで仕事は終了だ。

「伊藤さん、お疲れ。無事終わったね」

「はい……！」

フロアには聞いたことのある洋楽が流れている。私たちの声がかき消されるくらい大きな音で、全身に響いた。

「じゃあ今日はこれで解散にしよう。私はこのままクラブで遊んでいくけど、伊藤さんはどうする？　まだいるなら一緒に飲もうよ」

「いえ、私は帰ります」

「えー？　そうなの？」

こういうところに慣れていないので、長居するのはやめておこう。この時間なら電車もあるし、早く帰って今はまっている海外ドラマの続きを見たい。

「すみませんが、お先に失礼します」

「了解。じゃあ、気をつけて帰ってね」

小泉さんは慣れた足取りで奥へ去っていく。手元の腕時計を見ると二十一時になろうとしているところだった。

さ、早く帰ろう。

そう思い、歩き出そうとしたとき、誰かに腕を掴《つか》まれた。

「伊藤さん！」

「あ、あれ……っ、桐谷さん……！」

——どうしてここに桐谷さんがいるの？

私たちが会社を出たときには、外回りで会社にいなかったはずだ。そのまま直帰と書いてあったので、今日はもう帰宅しているものと思っていた。

桐谷さんはスーツ姿のままでここに立ち寄ってくれたみたいで、会社にいたときと同じ格好だ。なのに、不思議とクラブに馴染《なじ》んでいる。

「お疲れさま。無事イベントが終わったね」

「見てくださっていたんですか。ありがとうございます」

「ああ。うちの部署のやつらも何人か来ているみたいだ。みんな君たちのイベントが気になっているんだな」

仲間が心配してくれているんだと思うと、感動する。

うちの部署は仲がよくて和気藹々《わきあいあい》と仕事をしているので、こうして誰かがイベントを行うときには、担当以外の人が顔を出したり手伝ったりすることが多いのだ。

「もう終わりなんだろう？　帰るのか？」

「はい、そのつもりです。こういうところ、慣れていないんで」

そう言うと、「そうだな」と桐谷さんは微笑《ほほえ》んだ。

「それにしても……伊藤さんらしくない格好しているね。新しく服を買ったの？」

「いえ……っ、これは小泉さんから借りたものです。着慣れていないので、すごく恥ずかしいんですけど」

「そうなんだ。いつもと雰囲気が違って驚いた。とても似合ってる、綺麗だよ」

――えっ……！　うそ、今、綺麗って言ってくれた？

嬉しくて顔がにやけてしまう。

綺麗だなんて誰にも言われたことがないセリフを、一番言ってほしかった人の口から聞けて、私は舞い上がる。

「せっかくそんな可愛い格好しているんだし、すぐに帰るなんてもったいないよ。少し飲んでから帰らないか」

「いいんですか？」

「もちろん」

桐谷さんと食事や飲みに行くときは、いつも他の社員たちも一緒だった。

家では並んで食事しているけれど、外で二人きりで飲めるなんて、すごくレアな誘いだ。予想外のことに、私は胸を弾《はず》ませる。

けれど、図々しいと思われるのが嫌で、一応遠慮してみた。

「大丈夫なんですか？　他の人たちに見られたら、変な噂が立ってしまいますよ？」

「いいよ、別に。そんなこと気にしない」

——本当にいいの⁉

鉄壁で有名な桐谷さんが二人きりの飲みに誘ってくれるなんて夢みたい。

幸せで泣いてしまいそうなほど嬉しかった。

大きな音で音楽が流れている会場では、会話のために顔を近づけないといけない。桐谷さんは「飲み物を取ってくる」と私の耳元で囁《ささや》くと、奥にあるバーカウンターへ向かった。

低くてセクシーな声が耳から離れない。腰が砕けてしまいそうな状態で桐谷さんの戻りを待っていると、目の前に鈴村さんがやってきた。

「見つけた！」

「す……鈴村さん……」

「伊藤さん、お疲れさま！」

「お……つかれ、さまです……」

底抜けに明るい雰囲気で挨拶《あいさつ》をしてきた鈴村さんは、スーツから私服に着替え、こういう場にふさわしい格好をしていた。

黒のジャケットに白のTシャツを合わせて、すごくオシャレな感じ。ボトムスも綺麗めなラインのもので、そのセンスに感心する。

彼はやはり私に近づき、目を輝かせた。

「わぁ、伊藤さん、すごく可愛いね！　こういう格好もするんだ」

「ありがとうございます……。これは小泉さんから借りたものなんです」

「そうなんだ⁉　クラブに来たことないって言っていたもんね？　ねぇ、案内してあげようか？」

「い、いえ、大丈夫です！」

そう即答しても聞き入れてもらえず、腰に手を回されてしまう。

そして鈴村さんは強引にフロアの中を歩きだした。

「あの……っ、鈴村さん、困ります。私……もう帰るつもりなんです」

「いいじゃん、もう少しいようよ」

「でも――」

私は桐谷さんと一緒にお酒を飲みたい。

初めて二人きりで外で飲もうと誘われた貴重な時間なのに……それにここから離れてしまうと、急に私がいなくなったと桐谷さんが探すかもしれない。

さっきまでいた場所を目で追うけれど、たくさんの人の中で桐谷さんは見つけられなかった。

なおも私の隣で楽しそうに話をしている鈴村さん。どうにかして彼から離れられないかと考えるけど、がっちりと腰をホールドされていて逃げられない。

悪い人じゃないんだけど、こういう距離にいられるのは苦手だ。

そうだ。トイレに行きたいと言えば、ちょっとの間離れることができるだろう。トイレで桐谷さんにメールをして彼を待っていられなかった説明だけでもしよう。

「あ、あの！　トイレに行ってきてもいいですか？」

「うん、いいよ」

やっと、鈴村さんが足を止め、話を聞いてくれた。

ちょうどメインイベントである人気ＤＪのプレイが再び始まり、会場の盛り上がりは最高潮に達している。

先程よりもお客さんが増えて、大勢の人が音楽に合わせて踊っていた。

いい感じにＰｕｎｃｈを楽しんでくれている人たちの奥にトイレがある。

「じゃあ、行ってきます」

「うん、ここで待ってるね」

鈴村さんから離れて、私は急いでトイレに向かった。

こうなってしまっては、今日ここで桐谷さんと一緒に飲むのは難しいかもしれない。

せっかくだけど諦めて、家で一緒に飲めたらいいな。

トイレに入る途中でスマホをバッグから取り出す。すると突然背後から肩を抱かれ、そのままトイレに連れ込まれそうになった。

「え……っ、えええ……っ！」

あせって顔を後ろに向けると、私を抱いていたのは桐谷さんだ。彼は私のほうを一切見ず、そのまま個室トイレに直進していく。

幸い誰もいなかったが、二人で一緒に個室トイレに入るなんてあり得ない。

抵抗する私を桐谷さんは無表情のままトイレの中へ押し込んだ。

「あ、あの……っ、どうしたんですか？」

「お前、自分が俺のものだってこと、忘れたのか？」

「え……？」

いつもの桐谷さんと様子が違う。先程まで優しく穏やかだったというのに、今目の前にいる彼は鋭く冷ややかな瞳で私を見下ろしている。

「何度言ってもわからないんだな」

「何を怒っているんですか？　……あ、勝手にいなくなっちゃったことですよね。すみません、会社の人に捕まっちゃって……今、連絡しよ――」

「会社の人？　鈴村だろ！」

襲いかかるみたいな勢いで畳みかけられた。

急いで頷くと、桐谷さんは私の体を後ろから抱き締める。

「お前、アイツが好きなのか？」

髪をかき分けて噛みつくようなキスを首筋にされて、ビクンと私の体が揺れる。

「好きじゃ……ありません」

「じゃあ、なんであんなに密着してたんだ？　体に触れさせてたよな？」

「そ、それ……は……」

私が望んだことじゃない。上手く振りほどけなかっただけ。

でもかわすべきだった。私がいつまでたってもきちんと対処できないから、桐谷さんに怒られてしまうのだ。

「ごめんなさい……そんなつもりじゃ……」

「じゃあ、最近抱いてやらなかったせいで欲求不満だとか？　こんな格好をして、俺を誘惑したかった？」

私たちは一緒に眠るけれど、あれから一線は越えていない。どうしようもないほどほぐされて濡らされるのに、桐谷さんは最後までしないのだ。

経験値ゼロだった私の体はすっかり快感を覚え、何もされない日は寂しく思い、触ってもらえた日は嬉しくなる。

そんな日が一ヵ月近く続いていた。

「誘惑なんて……してな……あっ！」

「嘘つけ。鈴村とイチャついて、俺に嫉妬《しっと》させたかったんじゃないのか？」

嫉妬《しっと》させるなんて……そんな高度なことできない。桐谷さんはそんなことで嫉妬《しっと》したりしないでしょ……？

そう言いたいのに、彼の手が服の裾から入り込み胸を激しく揉《も》みしだくと、言葉が口から出なくなった。服の下で暴れる手はブラジャーを強引に下ろして、胸の頂《いただき》を摘まむ。

「あん……っ、ぁ……」

「お望みどおり、嫉妬《しっと》してやるよ。けど、そんな悪い子には、たっぷりとお仕置きだ」

――お仕置き……？

その言葉を聞いて、ゾクッと反応してしまう。叱《しか》られるだけなのに、すごくいやらしく響いて、私の体は疼《うず》き一気に熱くなった。

「声を出すなよ。誰かに見られたら困るだろ？」

「……う。……はぁ……ッ」

そう耳元で囁《ささや》いたあと、桐谷さんは私の耳朶《じだ》を甘噛《あまが》みする。

「まぁ、見られたいなら、思いっきり喘《あえ》いでもいいけど？　俺とセックスしているところ、鈴村に見せてやるか？」

「……や、ぁ……そんなの……ダメ……」

「俺はいいんだぜ? 見せつけてやっても。お前がこんなにエロくて可愛いこと、アイツは知らないだろう?」

タイトなミニスカートを捲《まく》り上げられ、下着の奥へ手を忍ばされる。彼の指が辿りついた先は、もうすでに下着を汚すほど蜜を溢《あふ》れさせていた。

「ビシャビシャだ。お前のここは濡れやすいな」

「ぁ……っ、あ、ぁ……。んん……」

ぬるついた愛液を指に絡《から》めようとするみたいに花芯をひと撫《な》でされると、それだけで達しそうになる。声を上げないように、私は急いで口を押さえた。

すると、がくがくと脚《あし》が揺れて体勢が不安定になり、慌てて今度は扉に手をつく。

耳元で低く笑う声がした。

「……は。声を抑えても、ここの音で見つかるんじゃねーの?」

桐谷さんが私の秘部を弄《いじ》り続ける。

「……っ、はぁ……はぁ……。っ、んっ——」

「すげぇな。俺の指まで垂れてきてるぞ」

彼の指が動くたび、蜜口から激しい水音が鳴り響いた。

彼の言うとおり、声を抑えても、こんなに大きな水音がしていたらバレてしまう。それほど、私のそこはいやらしい音を立てていた。

それなのに、ぐりぐりと容赦《ようしゃ》なく花芯を擦《こす》られると、私の体は悦《よろこ》ぶ。全身に快感が広がって、脳内で弾《はじ》ける。

ねだるように腰をくねらせると、桐谷さんはスカートを捲《まく》り上げ、下着を膝あたりまで下ろした。

「腰を突き上げて、そのいやらしい場所を見せろ」

「そんなの……っ」

「じゃあ、ここでやめる？　このまま家に帰ろうか」

「え……？」

「家に帰っても、今日は何もしてやらない。それでも我慢できる？」

突き放すような言葉に胸が苦しくなる。

……そんなの、嫌だ。

ここ一ヵ月、会社でキスをしたり、お風呂で体を洗ってくれたり、そういうことばかりして、桐谷さんは私を翻弄《ほんろう》してきた。

気にしないふりをしていたけれど、本当はすごくドキドキして、桐谷さんに抱かれたいと何度も思ったのだ。

ただそんなはしたないこと言い出せなくて、我慢するしかなかった。

やっとこうして求めてもらっているのに、また禁欲生活に戻るのかと思うと、答えは一択しかない。

「ほら、どうする?」

とてつもなく恥ずかしいけれど、桐谷さんには逆らえない。

私は言われた通りに桐谷さんに向かって、お尻を突き出した。

「これで、いいですか……?」

「ダメだ。手で広げろ」

「……っ」

恐る恐る手を背後に回して、尻肉を広げる。こんなこと恥ずかしすぎて誰にも言えない。

「……へぇ、菜々のここは、こんなふうになってたんだ?」

冷静な視線を感じ、逃げ出したいのと同時に体の奥がジンジン熱くなった。

「すごく綺麗だよ。もっと見せて」

「あう……っ」

桐谷さんが指で蜜口を広げる。

くぱっと開いたそこは、濡れそぼって淫《みだ》らにひくついているだろう。

「どうしてほしい? 菜々のここは、どうしたら悦《よろこ》ぶ?」

「そ……それは……」

彼の息がかかるほど近くに桐谷さんの顔がある。今、彼にしてもらいたいことは一つだ。

「触っ……て、ほしい……です」

「どうやって？　指？　それとも舌？」

彼が言葉を発するたびに、熱い吐息が秘部に吹きかかる。それだけで感じてしまうくらい、そこは敏感になって、彼に弄《いじ》られるのを心待ちにしていた。

「あう……っ、ん……、はぁ……ぁ、ん……」

「なぁ、どっちだ？」

どちらも気持ちいいことを知っている。だから選べない。桐谷さんに触れてもらえるなら、なんでもいい。

でもそんな答えじゃ彼は満足しないに違いなかった。私は必要に迫られて、選ぶ。

「舐《な》めて、ほしい……」

「そう。菜々は舐《な》められるのが好きなんだ？」

奥に隠れている粘膜まで見えるくらい、ぐっと広げられる。その剥《む》き出《だ》しになった場所を確かめるように、ぐるりと舐《な》め上げられた。

「あぁっ！　あ、ぁ……！」

「こう？」

「ああんっ……そう……です。それがいい……」

桐谷さんの舌遣いにとめどなく声が漏れる。出してはいけないと思うのに、気持ちよすぎて堪《こら》えきれない。

苦しくなるほど我慢していると、わざと激しくされた。耳を塞《ふさ》ぎたくなるような淫猥《いんわい》な音を響かせて、桐谷さんが蜜をすする。

朦朧《もうろう》とした意識の中、フロアのクラブミュージックと盛り上がっている声が聞こえた。

「も……このままじゃ……私……」

快感でとろとろになって、立っていられない。

けれど、彼の執拗《しつよう》な舌戯は止まらなかった。

「桐谷さん……お願い。もう、ダメ……。おかしく、なりそ……なの」

「ふーん。イキそうってことか？」

追い詰められた私を、桐谷さんが冷ややかな目で一瞥《いちべつ》した。今度は私の中に指を入れてくる。

「誰がイッていいって言った？　まだ我慢だ」

「そんな……。あっ！」

激しくなるばかりの愛撫《あいぶ》に、どうしたらいいのかわからない。体がますます燃え上がるように熱くなって昇りつめていく。

「やだやだ……イッちゃう……桐谷さん――」

「じゃあ、可愛くおねだりしてみろ。ぐちゃぐちゃにしてって」

頭がクラクラする。

我を忘れ、快感のためにならなんでもしてしまいそうだ。

「桐谷さ、ん……」

「ほら、イカせてほしいんだろ？」

言葉遣いは乱暴だけど、桐谷さんの声は甘い。

桐谷さんの言いなりになることが、悦《よろこ》びに変わっていく。私ってこんなにMっぽかったんだ。

「お願い……イカせて。私のこと……ぐちゃぐちゃにして……」

涙ぐみながら懇願すると、桐谷さんは口角を上げて意地悪そうに微笑《ほほえ》む。

「可愛いな。それでこそ、俺の女」

──俺の女。

その言葉を噛み締めたいのに、激しく中を掻き回されて意識が飛んだ。

本当にぐちゃぐちゃにするみたいに、何度も何度も蜜道を擦《こす》られる。彼の唾液と私の愛液が混ざったものが、太ももを伝い、膝で行き場をなくしているショーツに染み込んでいった。

「あ！　あぁ……っ、イク……イッちゃう……！」

ビクビクッと腰を揺らして痙攣《けいれん》し、私は絶頂を迎えた。中で暴れていた指をきゅうぅと締めつけ、その余韻で震える。

「はぁ……はぁ……」

私は扉にすがりつくようにして自分の体を支える。

こんな場所でイッてしまった……。いや、こんな場所だからこそ、いつもより感じて達してしまったのかもしれない。

桐谷さんの太い指が抜かれ、その刺激でまた体がビクンと揺れた。彼がいなくなってしまった蜜道は、物欲しげに疼《うず》く。

「そろそろ挿《い》れようか」

呼吸を整えている私の体を包み込むように背後から抱きつき、桐谷さんはまた私を惑わす甘い言葉を囁《ささや》いた。

ずっとおあずけされていたメインを与えてもらえるという期待で胸が膨《ふく》らんで、その言葉だけで感じてしまう。

「指よりも、これがいいだろ?」

そう言って、桐谷さんは準備を整え、猛《たけ》った屹立《きつりつ》を私の蜜口に宛《あ》てがう。そして蜜を塗りつけるみたいに何度も擦《こす》った。

「……あっ、ん――」

ますます興奮が高まっていく。燃え上がる体を鎮《しず》められるのは、ソレだけだ。

最後まで私を導いて、意識がなくなるほど愛してほしい。

「この前まで処女だったのに、もうこんなに欲情するようになったのか？　毎日可愛がった甲斐《かい》があったな」

桐谷さんはくっと喉を鳴らすように笑って、私の頭を撫《な》でる。大事なペットを愛《め》でるみたいに何度もよしよしされたあと、媚肉を割って彼のものが挿し込まれた。

「はぁっ……」

思わず声を上げて喜んでしまう。指とは比較にならないほど太くて硬いものが私の中に入ってくる。それが眩暈《めまい》を起こすくらいに気持ちがいい。

「たくさん慣らしてきたけど、やっぱり中は狭いな」

ゆっくりと腰をグラインドされ、時間をかけて根本まで埋め込まれる。奥のほうまで彼が来るとお腹がいっぱいで息苦しくなり、自然に涙が零《こぼ》れた。

「あう……！　おっき……い」

「苦しいのか？　……なら、もっと慣らさないとな。毎日挿《い》れてやろうか？」

毎日こんなことをされたら体がもたない。私は無言で首を振った。

「菜々、こっち向いて」

二の腕を掴《つか》まれた私は、彼のほうを振り返る。すると奪うような口づけをされ、濃厚に舌が絡《から》んできた。

「……ん、ん――」

桐谷さんのキスに夢中になっていると、隣のトイレの扉が開く音がする。その音で私は現実に引き戻された。

――うそ、誰か入ってきたの？　どうしよう……！

こんなところでエッチしているのがバレたら大変なことになる。

息を潜《ひそ》めてじっとしていると、外の会話が聞こえてきた。

「――鈴村さんも来ていたんですね。僕らも気になって来ていたんですよ～」

「そうなんだ。他に誰かに会った？」

「はい。桐谷さんもいらっしゃっていましたよ」

どうやら、うちの部署の後輩と鈴村さんみたい。二人は隣の男性用トイレで用を足しているようだ。

「それにしても、伊藤さん、今日はいつもと雰囲気が違いましたね」

「だね。小泉さんに借りたらしいよ」

「そうなんですか～。さすが、鈴村さん、伊藤さんのことなんでも知っているんですね」

「まぁね。彼女みたいなものだから」

――えぇー!?　そんな勝手なこと言わないで。私は鈴村さんの彼女じゃないのに。

私が好きなのは桐谷さんだ。私に恋人ができたんだと桐谷さんに誤解されたら、同居も体の関係も解消されてしまうじゃない。

これ以上変なことを言わないで、と願っていると、桐谷さんが私の腰を掴《つか》んだ。ゆっくりと抽挿《ちゅうそう》を再開する。

「……ッ」

——桐谷さん⁉　ダメ！　本当にダメだってば！

今、ここで動かれたら、声が漏れてしまう。

鈴村さんたちにエッチしていることが知られたら、会社にいられなくなる。

腰を掴《つか》んでいる手を払いのけようとしたが、彼の手を振り解くことはできなかった。

桐谷さんはさらにリズミカルに動き出す。

「は、……っ、ん……。——ぅ」

必死で声を抑えているけれど、繋がっている場所からはいやらしい音が漏れている。

——本当にバレちゃうから……！

案の定、鈴村さんたちが話し始めた。

「——あれ？　なんか変な音しません？」

「ああ、確かに。何だろう？」

二人はこちらの音に気がつき、不審に思ったようだ。

「もしかして、ヤってたりして！」

「まさか。さすがにそれはないだろ」

心配で気が気じゃない私をよそに、桐谷さんは私をゆっくり突き続ける。

「はぁ……」

吐息をつくと、私の胸を鷲掴《わしづか》みにしてより深く繋がるために腰を押しつけた。

「――っ！　……ぁ」

最奥まで腰を動かされ、これ以上ないほど密接する。

――桐谷さんは、鈴村さんたちにこんなことをしているってバレてもいいの？

バレないだろうと高を括《くく》っているのか、それとも見つかっても構わないと思っているのかは、わからない。けれど、強気に攻めてくる桐谷さんに私は抗《あらが》えなかった。

「冗談を言ってないで、行きましょうか。伊藤さんが待っているかもしれないんですよね」

「ああ、そうだな。そろそろ戻ってるはずだな。今から伊藤さんと二人で飲むんだ」

「もう付き合っているって、感じですね」

「まぁな」

鈴村さんと後輩は楽しげに話しながら、トイレを出ていったようだ。私はほっと息をつく。

「はぁ……よかった。桐谷さん！　どういうつもりですか？」

「何が？」

「何がじゃありませんよ……っ、こんなことをして」

桐谷さんは悪びれることなく私の胸を揉《も》み続ける。

「鈴村はお前と付き合っているつもりなんだな。驚くくらい前向きで呆れる。お前、気を持たせるようなことをしているんじゃないか？」

「そ、そんな、こと……していません。するわけないじゃないですか……」

「お前の体は俺のものだ。わかったか？」

そう言うのと同時に、桐谷さんは急に強く突き上げた。私は怒っていたことも忘れ、悦《よろこ》びで体を震わせる。

桐谷さんのものになれるなんて、これ以上幸せなことはない。例えそれが体だけであっても、だ。

桐谷さんは知らないだろうけど、随分前から私は彼が大好き。

体だけじゃなくて、心も桐谷さんのものだ。

くたっと体を預けると、全身に衝撃が走るくらいずんっと奥まで挿し込まれ、そのままの勢いで抜けそうになるまで引き抜かれる。そしてすぐに奥まで挿入された。その勢いで蜜音が激しく鳴る。

「俺のこれが好きなんだろ？」

「……っ、あ！　あん……」

「なぁ、好きなんだろ？　素直に言えよ。ちゃんと言えたら、今よりもっと気持ちよくしてやるから」

桐谷さんは熱に浮かされたように呟《つぶや》く。

何度も抜き差しされて、中が擦《こす》れる感覚が最高に気持ちいい。私の体は、こうされることをずっと待っていた。

「好き……」

――桐谷さんが好き。

体だけじゃなくて、桐谷さんの全部が好きなの。

こんなことを口に出せば、この関係は終わり、傍《そば》にいられなくなるだろう。

それが怖くて今は言えないけれど。

私は桐谷さんになら、どんなことをされても喜ぶし、一緒にいられたら嬉しい。

求められたことには全力で応《こた》えたいから頑張っちゃう。

こんな関係よくないって、わかっている。都合のいい女ではいけないって。

本当に好きなら、こんな関係を解消して「彼女になりたい」って素直に言うべきなんだ。

だけど……好きだと打ち明ければ、この関係が壊れる。自分に好意を持つ女性を寄せつけない桐谷さんだ。困った症状を緩和させる以上に付きまとわれるかもと、私を警戒するだろう。

そして、気まずくなって、上司と部下としても一緒にいられなくなったら……？

そんなの絶対嫌だ。

まだもう少しだけこのままでいたい。

桐谷さんの傍《そば》に、いたいの。他の女性たちとは違う、特別な関係だって思っていたい。

卑怯《ひきょう》だってわかってる……でも、今だけ――

だから桐谷さんが求めるようなエッチな女の子にだってなってみせるんだ。発情している桐谷さんと同じ熱量で高まれるパートナーになるんだから。

――だから傍《そば》にいさせて。

「桐谷さんの……が、好き。もっと、して……。いっぱい……気持ちよくして」

「おい、マジか」

「え……？」

私の中にいる彼のものが、より硬さを増して膨《ふく》らむ。

「どんなに挑発しても、菜々はそういうこと言わないって思ってた」

「うそっ……そんなに急に動かないで……っ！」

「すごくエロくて興奮する。そんなに欲しいなら、嫌ってほどしてやるよ」

繋がっている場所がこれ以上ないほど熱い。気持ちよくて腰が勝手に震える。

壊れてしまうくらい激しく最奥に何度も彼が来た。

「あっ、……んんッ……！　あう……も……やぁ……っ！」

「や……じゃ、ないんだろ？　もっと好き、って……言えよ。菜々っ――」

――まるで獣の交尾みたい。

ずっと溜め込んでいたものを解放し、本能のまま求められている感じだ。余裕のない息遣いが聞こえてきて、腰を掴《つか》む手にも力が込められている。

少し乱暴に突き上げられ、私は涙を浮かべて悦《よろこ》びの嬌声《きょうせい》を上げた。

「好き……ッ、桐谷さ……あぁッ――好きぃ……いっぱい……きて」

私のこと、好きにしていいよ。桐谷さんがしたいようにしていいから、傍《そば》にいさせてほしい。

それが私の望みだ。

「……く、っ……菜々、イキそう。出して、いい……？」

声を潜《ひそ》めながら、二人で昇っていく。

唇を奪われ、上も下も桐谷さんでいっぱいになる。

この狭い空間でお互いの欲求を満たすために一心不乱に求め合った。

「――っ、は……ッ、……ぁ、んん――！」

唾液が零《こぼ》れるほどの激しい口づけを交わしながら、クライマックスへ向かう。息ができないほどの興奮と情熱で、私たちは力尽きるまで全力で求め合った。

「イクぞ……菜々。……はぁっ――、く……！」

嵐みたいに激しい快感に襲われて、頭の中が真っ白になっていく。

――桐谷さん、好き！

私の中で彼が暴れた。マーキングするみたいに激しく擦《こす》りつけられる。

そして私の最奥にズンッと押しつけたあと、彼はビクビクと欲を放ったのだった。

6

一ヵ月にわたった今回のイベントは大盛況に終わった。

ＳＮＳで話題となり、ネットニュースで取り上げられるほど注目を集めることに成功している。

「――ということで、Ｐｕｎｃｈの販売数も伸び、今回の企画が売上に貢献できたのではないかと思います。今後、若年層向けのテイストのものも商品として展開できるよう検討しています。……以上です」

ブランド戦略部の会議で小泉さんがそうイベントの報告をして、今回の企画はこれで終了となった。

「はぁ～っ、疲れたぁ！」

「お疲れさまです、小泉さん。今回もいろいろと勉強をさせていただきました！　ありがとうございます」

私は、チェアの背にもたれかかって大きく伸びをしている小泉さんに、声をかける。

「こちらこそ。伊藤さんと一緒ですごくやりやすかったし、助かったよ。ありがとう」

小泉さんにそう言ってもらえて嬉しい。お互いに気持ちよく仕事ができて、大きなトラブルもなく過ごせてよかった。

これで大きなプロジェクトは一段落で、肩の荷が下りた。ただ、これから冬商戦が来るので、また別の企画を練らなければならない。

「次は伊藤さんの番だね。私もバックアップするから、何かいい案があったら出していこう」

「はい！」

今回は小泉さんがリードして企画をしてくれたけれど、次は私が率先して何かできるように頑張る予定になっている。気合を入れて、次の仕事へ進み出した。

使用した会議室の掃除を終えてブランド戦略部のフロアに戻ると、桐谷さんのデスクの前に鈴村さんが立っているのが見える。

鈴村さんは私を見つけると、大きく手を上げて私の名を呼んだ。

「……あ！　伊藤さん、こっちに来て」

「はい！」

私は急いで桐谷さんのデスクの前に向かう。

「どうされましたか？」

「いや、今、桐谷さんに打診していたんだけど、今僕が進めているプロジェクトっていうのが、地域復興型のイベントなんだ。地方のお祭りにうちの商品をコラボさせてもらうという企画で、地方に出張があるんだけど、そこに伊藤さんを同行させてほしいって言っていて」

「え？」

当然のことながら出張は九州地方なんだとか。私が同行って、どうして……？

そこに桐谷さんが口を挟む。

「でも……伊藤さんは、鈴村くんの担当しているブランドとは違うグループだろう。それに、つい最近大きなイベントを終えたところで、細々《こまごま》とした自分の仕事が残っているはずだ」

その通りだ。あのイベントに集中していたせいで、他の仕事が後回しになっている。

それらを片付けなければならないので、手が空いているわけではない。

桐谷さんは私の状況を把握しているので、出張に行かせない方向に話を持っていった。

「そうだよね、伊藤さん」

「はい」

けれど、鈴村さんが負けずに続ける。

「別に僕は二人で出張したいと言っているわけではありません。複数人います。しかし僕らだけでは人手不足で――ぜひ、伊藤さんにもお手伝い願いたいんです。知っての通り、伊藤さんは仕事ができて細やかなフォローをしてくれるので、一緒にいてもらえるととても助かります」

「それはわかるけれど……」

なかなか承諾しない桐谷さんに業を煮やした様子の鈴村さんは、返答を待たずにもう一度口を開いた。

「では、とりあえず出張のメンバーに伊藤さんも入れさせてもらって、どうしても無理なら当日キャンセルしてもらって構いません。しかし、その日までに伊藤さんの抱えている仕事が片付いて、参加できるようであれば一緒に来てもらう。判断するのは伊藤さんということで、どうでしょうか？」

なんと強引な提案だ。驚いて鈴村さんを見るけれど、彼はこの件に関して一歩も譲る気はないみたいだった。

確かに今回鈴村さんが担当しているイベントは大がかりなもので、大変だということも知っている。ブランド戦略部のみんなはお互いの仕事を助け合ってやっていくスタイルなので、今回が特別というわけでもない。

でも鈴村さんとは、距離を置きたいのが正直なところなのだ。

公開告白されたあとも、みんなのいる前で愛を囁《ささや》かれ続けていて、私はなるべく反応しないようにしている。しかし鈴村さんには照れているだけとしか受け取ってもらえていない。

ときに「もうやめてください」と冷ややかに対応しても、伝わらなくて心が折れそうになっている。

これ以上桐谷さんに誤解されたくないし、鈴村さんに期待をさせてはいけない。

当然のことながら出張は仕事なので、こういう個人的な感情を持ち込むのもいかがなものかと思いつつも、あまり乗り気にはなれなかった。

とはいえ、個人的感情だけで断るのも社会人としてあり得ないと悩んでいると、桐谷さんが私に問いかけてきた。

「伊藤さん、どう？　それでも大丈夫？」

「え……っと、はい、そうですね。当日までに仕事が調整できるかやってみます。もし無理ならお断りします」

「わかった」

結局、鈴村さんの熱意に押される形となってしまった。

「よろしくね、伊藤さん。もし今抱えている仕事で僕が手伝えることがあったら、なんでも言って」

「……ありがとうございます」

頼りにしているよ、と私の肩を叩いたあと、鈴村さんは自分のデスクに戻っていった。

「……本当に大丈夫か？」

桐谷さんが誰にも聞こえないように声をかけてくれる。

「ええ、大丈夫です。もし無理そうなら、ちゃんとお断りします」

「うん、無理しないようにね」

「ありがとうございます」

桐谷さんが、私が大変なことを理解してくれているだけで嬉しい。いつも励ましの一声をかけてくれるので、つい喜んでしまう。

緩《ゆる》みそうになる顔を正して、桐谷さんに一礼したあと、私も自分のデスクに戻った。

ここ最近、仕事のできもよく、プライベートも桐谷さんと一緒に住めて、私は幸せだった。いいことずくめで怖いくらいだ。

今までずっと華やかなこととは無縁だったとは思えないほどの充実っぷり。

なんと言っても、桐谷さんと毎日朝食を一緒にとったあと、時間をずらして出社。そして会社でも顔を合わせる。今までは「今日の桐谷さんは、どんな感じだろう？」とドキドキしながら出社していたけれど、今では家のリビングでチェック済みだし、他の女性社員たちより長くその姿を見ることができる。

そんなところにちょっぴり優越感を抱いて、私はステキな桐谷さんを自分のデスクから眺めたりもしていた。

最近では退社時間を示し合わせて駅で待ち合わせをし、一緒に帰るようにもなった。

今日も一緒に電車に乗って、空いていた席にぴったりと隣同士に座る。すると桐谷さんは誰にも見られないように指を絡《から》ませてきた
「あ……」

「ん？　どうした？」

私はふるふるっと首を横に振る。

――これって……恋人繋《つな》ぎってやつだよね……？

私の気も知らないで、こんなことするなんてズルい。気持ちがバレないように必死で隠しているのに、好きだって言ってしまいそうだ。

胸の鼓動は速くなり、照れて顔を上げられなくなる。

全身にドキドキが響いてうるさいくらいだ。

次の日は席が一つしか空いていなかった。私だけ座らせてくれて桐谷さんは目の前に立つ。その立ち姿が惚《ほ》れ惚《ぼ》れしてしまうほど格好いい。

つり革を持っている腕、ジャケットの袖から見える時計をつけた手首がセクシーで、それを見て大興奮な私。

彼の細部に男らしさを感じて、胸を高鳴らせる。

そして満員のときは、他の人から私を守るように、そっとさりげなく腰に手を回して抱き寄せてくれるのだ。

——ああ、もう。最高すぎる。何をされても腰が砕けてしまいそうなほど格好いい。

要はなんでも格好いいのだ。桐谷さんにされること全てがいい！

電車を降りたあとは、マンションの近くのスーパーで食材を買うことが多い。彼は何も言わずに荷物を持ってくれる。車が通れば、さりげなく私をかばってくれた。

あぁー、もう、どうしてこんなに一つ一つの仕草がステキなんだろう。思わずため息が漏れてしまうほどのステキっぷりに、やられっぱなしだ。

家に帰ると、一緒にキッチンに立って料理をする。

まるで彼女のように扱われ、夢みたい。

——私……彼女なのかな？　勘違いしそう。

いやいや、私はルームシェアの相手、そして桐谷さんの部下。

それから、桐谷さんの発情体質を知っている唯一の存在。それを発散させるための相手をしているから、こんなふうに扱ってもらえているのだ。

そこに特別な感情があるわけじゃない。

私は必死に自分に言い聞かせた。

桐谷さんが本気で悩んでいるあの発情体質があったからこそ、こんな私でも抱いてもらえたのだ、と。

だって会社の女性たちは、ありとあらゆる手を使って桐谷さんとの距離を縮めようと頑張っている。それなのに見事に玉砕。誰一人成功した人はいない。

私は奇跡的に発情デーに居合わせたため、桐谷さんの相手になることができた。

ただ運よく、そこにいただけ。

そうじゃなかったら、相手にされていなかった。

不謹慎ながら、ちょっとラッキーだったと思ってしまう。

けれど、もし他に桐谷さんの発情の相手をする、彼に相応《ふさわ》しい人――たとえば、本命の彼女が現れたら、私はどうなってしまうんだろう？

そのときは間違いなく、この関係は解消されて、何もなかったことになるんだよね。

――はぁ……。このままずっとこんな関係が続けばいいのに。

体だけの関係だけど、それでもいいから桐谷さんの傍《そば》にいたいと私は願った。

離れることを想像しただけで、悲しくなる。今が幸せだからこそ、落ち込みが予想できて怖くなった。

だから一日でも長く――一分一秒でも長く、この時間が続きますように。


――数日後。

私は、今年の冬商戦のイベントを調整しながら、来年の春商戦の企画を考えていた。Ｐｕｎｃｈに春限定の新商品を出そうという話があり、どんなものがいいか悩んでいるのだ。すると、桐谷さんがデスクから立ち上がるのが目に入った。

――どうしたんだろう？

何か問題でも起こったのか、と桐谷さんを目で追っていると、隣のデスクの小泉さんが話しかけてきた。

「桐谷さん、どこに行ったか知ってる？」

「……いいえ。何かあったんでしょうか？　すごく急いで出ていかれましたけど」

「実は、サクラボエージェントのお偉いさんに呼び出されたみたいだよ」

――サクララボエージェント⁉

サクララボエージェントといったら、うちの会社が懇意にしている大手広告代理店だ。

うちの商品の広告は、ほぼここに依頼している。

　そのサクララボエージェントの上層部の方から直々《じきじき》にお話とは、なんだろう？

「新商品の広告のことで何かありましたっけ？」

「ううん、違うらしいよ」

「じゃあ……もしかして、引き抜きですか？　うちの会社から桐谷さんがいなくなったら困ります……」

「違う、違う。実はさ、サクララボエージェントの副社長の娘が桐谷さんのことを気に入っているらしくて、結婚話が出ているって噂だよ」

「え……っ!?」

　小泉さんの話に驚いて、私は絶句してしまった。

　――結婚？　桐谷さんが……？

　まだ詳細を聞いていないのに、胸の動悸《どうき》が激しくなって一気に血の気が引いていく。

「この前、サクララボエージェント主催のパーティがあったのね。うちの会社の上層部たちが参加したみたいなんだけど、そこにサクララボエージェントの副社長のお嬢さんも来ていたそうで、桐谷さんに一目惚れしちゃったっていうの。桐谷さんも満更じゃないんだって。このまま結婚するって話だよ」

「そ、う……なんですか」

――うそ、うそだ……。そんなの、絶対に嫌だ。

あまりのショックに、小泉さんの話が頭に入ってこない。詳細を聞いておかないといけないのに、これ以上ショックを受けたくないと脳が拒否している。

「っていうか、もう付き合っているのかも。だってこの前、桐谷さんが女性と二人で仲よさそうに歩いているところ見たし……。顔はよく見えなかったけど、あれは絶対彼女だわ。あーあ、残念だよね。独身イケメンで目の保養的上司が結婚しちゃったら、なんか仕事やる気なくなる～」

なんてね、と明るく笑いかけてくれる小泉さんに、「そうですね」と、ものすごくヘタな笑顔で相槌《あいづち》をうつ。

「桐谷さんって格好いいけど、彼女いないっぽかったし、ここらへんで身を固めるんだろうね。うちの会社の女子たちはことごとく惨敗《ざんぱい》していたから、どんなに理想が高いんだと思っていたけど、あんな令嬢じゃ太刀《たち》打《う》ちできないわ。彼女たちが相手にされなかったのも納得」

サクララボエージェントの副社長の娘さんは、有名大学を卒業したあと、芸能関係の仕事をしている容姿端麗《ようしたんれい》な人。しかもヴァイオリニストとして活動しているらしいから、音楽の才能も持ち合わせているんだろう。私なんて足元にも及ばない。

「……で、その彼女が今、副社長と一緒にうちの会社に来ているんだって。スーパーモデル級のスタイル抜群の美人がキターって、受付嬢が言ってた。どんな人か見たいよね」

「はい……」

そう答えたものの、見たいような、見たくないような。

見たって、自分の平凡さを思い知って悲しくなるだけだと考える一方で、桐谷さんの恋人になれる人はどんな人なのか見たいという気持ちもある。

ああっ、でもやっぱり嫌だ。さらなるショックで立ち直れなくなりそうだ。

「……あれ？　伊藤さん、顔色悪いけど大丈夫？」

「はい、大丈夫です。そろそろ仕事に戻りますね」

突然の話に動揺を隠しきれない。一生懸命平静を装《よそお》っているけれど、心の中は大パニックで今にも叫び出したいくらいだ。

ゆらりと目の前のパソコンに向き直り再び仕事を始めたけれど、心ここにあらずで全く集中できなかった。

山積みになった仕事が全く片付かない。ひたすら桐谷さんのことを考えて落ち込むばかり。

「伊藤さんも鈴村という彼氏がありながら、密《ひそ》かに桐谷さんファンだったか――。可哀想に、チョコあげるから、元気出しなー」

「鈴村さんは、彼氏じゃありませんから……」

「よしよし」

小泉さんに慰められながら、どうにかこうにか帰社時刻まで耐えた。けれど、今にも泣き出してしまいそうだ。

幸せな日が一生続くとは思っていなかったけれど、まさかこんなに早く終わってしまうなんて予想していなかった……

絶頂級に幸せだったから、その振り幅は大きく、悲しみはとてつもなく深い。

最近では桐谷さんの発情デーの反動を減らすため、女の子の日以外、ほぼ毎日エッチしていたのに。

そうすることで、月に一度の爆発的な性欲は抑えられるんじゃないかという、実験の途中だったのだ。

数ヵ月前まで経験したことがなかったなんて嘘みたいに、私は桐谷さんの体に馴染《なじ》んでいる。

桐谷さんの帰りが遅い日でも、同じベッドで寝ているせいで自然にそういう雰囲気になって、体を重ねるようになっていた。

私的には、どんなときでも求められたら全力で応《こた》えたいし、桐谷さんに何をされても構わないというスタンスだから、抱いてもらえることに喜びを感じていた……

仕事以外で遅くなると言っていた日は、噂の彼女と一緒に過ごしていたってこと？

彼女と過ごしたあと、マンションに帰ってきて私を抱いていた？

私って……私って……

つくづく都合のいい女になっちゃってた⁉

付き合う前にカラダの関係を持つと、こういう事態に陥《おちい》りやすいって、ネットで見かけたことがあったけれど、本当だ。

わかっていた。わかっていたけれど……やはりショックは大きい。

がっくりと肩を落として、今日は桐谷さんを待たずに先にマンションへ帰った。

一緒に食事をとるのもやめ、家の中であまり会話しないように避ける。

大好きな海外ドラマを見る元気もなく、抜け殻になった私はソファに座ってボンヤリしていた。

桐谷さんが結婚するなら、必然的に私はここから出ていかなければならない。部下と同居なんてしている場合じゃないもんね。

――あぁ、こんな幸せな日々がもうすぐ終わるのか……

他の女性たちを一切寄せつけない桐谷さんと、こうして数ヵ月同居できただけでも幸運だった。それに加えて、発情体質だから体の関係も持つことができた。

奇跡的なことが重なっていただけであって、私が桐谷さんの特別な存在だったわけじゃない。身の程をわきまえなければ。

何度目かの深いため息をついたとき、部屋の扉がノックされた。

「はい」

「ごめん、ちょっといい？」

桐谷さんの声だ。

「……どうぞ」

——しまった、どうぞと言っちゃった。

どうしよう、どんな顔をすればいいの？　正直、顔を合わせづらい。

大好きな桐谷さんと話をしたい気持ちもあって、私は部屋に彼を招き入れてしまう。

すでにお風呂に入ったようでラフな格好に着替えている彼は、部屋に入ると私の座っているソファに腰掛けた。

「どうしたの？　なんだか今日は、元気がないみたいだけど」

「……いえ、そんなことないですよ」

「そんなことある。いつもの伊藤さんらしくない」

まっすぐに私を見つめる桐谷さんだが、私は彼を直視できない。目を逸《そ》らすと頬に手を添えられて、くいっと上げられ桐谷さんのほうに向けられた。

「顔色も悪いみたいだし……体調が悪いの？」

「ほんとに大丈夫です、から……」

心配そうに顔を見つめる桐谷さんを見ると、ドキドキしてしまう。

完璧な並びの顔のパーツは、至近距離で見てもとても素晴らしく、ため息が出るくらい格好いい。初めて桐谷さんを見たとき、こんなに格好いい人がいるんだなと感心したほどだ。

「本当に大丈夫？」

「はい、大丈夫です」

「……だったらいいんだけど」

——どうしてそんなに優しくするの？　どうしていつもそんなに心配してくれるの？　そんなにじっと熱く見つめないでほしい。そんなふうに見つめられると、私……好かれているんじゃないかって、勘違いしそうになる。

「伊藤さん」

頬に添えられた手が熱い。

なぞるように頬を何度が撫《な》でたあと、唇に触れられる。

——キスしてほしい。

それから、抱き締めて、頭を撫《な》でて、それから、それから……

桐谷さんに触れられて、欲張りな私が暴走し出した。

これ以上望むなんていけないのに、止められなくなる。

「何か欲しいもの、ある？」

体調が悪いなら、何か好きなものを買ってきてあげようという意味だろうけど、私が欲しいものはただ一つ――

「――桐谷さんが、欲しいです」

「え……？」

とっさにそんなことを言ってしまった。

――私は、桐谷さんが好き。

――桐谷さん以外、欲しくない。

言葉にしたことはないけれど、心の中は桐谷さんのことでいっぱいで、好きで好きでたまらない。

「もう一度言って？」

桐谷さんは、私を見つめながら甘い声で囁《ささや》いた。

「桐谷さんが、欲しい……です」

「菜々は、本当に可愛いな」

――菜々。

桐谷さんが私をそう呼ぶときは、発情しているときのサイン。いつもは伊藤さんと呼ぶのに、発情モードになると呼び方が変わる。

きっと我を忘れているから、私を求めるんだよね。そんな桐谷さんの体質を利用して抱いてもらっている私はズルい女だ。

欲情している彼に呼応するように、私も発情する。

私のこと、めちゃくちゃにして。

桐谷さんがしたいようにしてくれていい。どんなエッチな要求でも応《こた》えてみせる。

だから——私を、もっと欲しがって。

獣のように盛り始めた桐谷さんにベッドに押し倒されて、今夜も私は抱かれた。

好きだという気持ちを隠しながら——

7

「伊藤さん……、伊藤さん……？」

「あ、はひ……」

「大丈夫？　なんか口から魂《たましい》抜けてたけど」

小泉さんにコーヒーを差し出され、私は力の出ない手でそれを受け取った。

しまった。仕事中だった。

桐谷さんが結婚してしまうかもしれないと聞いてから、気がつくとぼんやりしていることが多くなっている。

「最近残業続きだもんね。そりゃあ、疲れるか」

「はは……そうですね」

「出張は明日からだっけ？　本当にそんな状態で行けるの？」

「はい。大丈夫です。私、こう見えてもタフなので」

鈴村さんに提案されていた出張の日取りが、いよいよ明日に近づいていた。

私の抱えている仕事は七割くらいしか終わらず、まだまだ行けそうにないはずだが、いつの間にか、私がいる予定でいろいろとイベントの段取りを組まれていた。そのため、行かないわけにはいかない状態に陥《おちい》っている。

「無理しないでよ。私にも仕事振ってくれていいから」

「ありがとうございます。ギリギリまで頑張ります」

なんとか力を振り絞って笑顔を作り、小泉さんを安心させると、私は再びパソコンに向かった。

桐谷さんが結婚するっていう噂を聞き、絶望に打ちひしがれて落ち込みまくった日。

私のあまりの落ち込みようを心配する桐谷さんに抱かれた。

彼女がいるとわかっているのに彼の体質を利用して抱いてもらったのだ。

意識を飛ばすくらい情熱的に抱かれて、不安に埋め尽くされていた心が一瞬晴れる。彼の腕の中で幸せを感じていた……けれど情事のあと、桐谷さんは私に背中を向けてこう言ったのだ。

――もう、こういうの、やめにしよう。

この言葉を聞いた瞬間、私の心は粉砕された。

やっぱり恋人がいるのに、こんな関係をずるずる続けていけないよね。

サクララボエージェントの副社長の娘さんと結婚を控えているというのに、カラダの関係を持っている女性がいるなんてバレたら大変なことになる。身辺整理は当然必要なわけだ。

だけどさ、だけどさ……！

私は本気で桐谷さんが好きだった。遊びで関係を持っていたわけじゃない。桐谷さんにとって都合のいい女になろうと必死だった。

我ながら、完璧だったと思う。キングオブ都合のいい女。都合のいい女選手権があったら、優勝を狙えるレベルだ。

――つまり、そこには愛があったのよ。少なくとも私には！

だからこれは大失恋。人生初めての恋、そして失恋。

こんな悲しいときに、何をするかって？　そうだよ、仕事だよ！

私は、目の前の仕事に集中して、余計なことを考えずに済むよう忙しくしている。だから鈴村さんとの出張の件もちょうどよいかもしれない。

加えて都合のいいことに、あれから桐谷さんは家に帰ってきていなかった。会社では顔を合わせるけれど、マンションには帰ってこず、どこかで外泊している模様。

本音を言えば、会いたい。……けれど、恋人でもない私に、会いたいと言う資格なんてない。体だけの関係の私に会いたいと言われても、桐谷さんは喜ばないし、迷惑をかけるだけだ。

きっと彼は彼女のところにいるのだろう。大きなキャリーケースを持って出たようだから、しばらく帰らないつもりなのだ。

家主を追い出したまま、いつまでも桐谷さんの家でお世話になっているわけにはいかないので、この出張が終わったら新しく住むところを探そうと思っている。

そこまで考えたところで、涙が出そうになった。

——桐谷さんと一緒に住めた期間、とても楽しかったな。

好きな人と同じ空間にいるというだけで、毎日すごく楽しかった。ドキドキもワクワクもハラハラもたくさんあった。

今までの人生で、こんなにときめいたことなんてない。きっと一生分のトキメキを使い果たしてしまった。

あー、この先、トキメキゼロの人生だったらどうしよう。

でも、この会社にいる間は、部下として桐谷さんを見ることができる。距離が遠くなっても、見ているだけなら許されるよね。

桐谷さんの幸せを壊したくないので、この秘密を口外するつもりはない。

今までの平凡な生活に戻るだけ。そして清く正しく美しく……はないけれど、元のように慎《つつ》ましく身の丈にあった生活をしていこう。

私はそう決めたのだ。


——翌日。

空港での待ち合わせに、私はタクシーで駆けつけた。

「お疲れさまです」

「お疲れさま！　伊藤さん、こっちこっち」

鈴村さんに手招きされ、私はキャリーケースを押しながらみんなのもとに駆け寄る。

「伊藤さん、間に合ったね。よかった」

「お待たせしました。私も参加させていただきますので、三日間よろしくお願いいたします」

イベントは九州地方の伝統的なお祭りに合わせて組まれている。今日から三日間、このイベントのスタッフとしてお手伝いするのだ。

まずは飛行機で福岡まで向かい、そこから電車で移動した。

実際のお祭りは明日からのため、今日は向こうでフリーの時間がある。私はホテルについたらとりあえず睡眠をとるつもりだ。

最近ちゃんと寝られていなかったから……今日はゆっくり寝たい。

ホテルの部屋に到着するとすぐに荷物を置き、そのままベッドに潜り込んだ。

いつもの慣れたベッドじゃないせいか、その寝心地に違和感がある。

――あぁ、結局桐谷さんとちゃんと話せないまま、この日を迎えてしまったな。

本当はきちんと話し合いをしたかったんだけど……桐谷さんを見かけると、体が勝手に避けてしまうのだ。

傷つくのが怖くて、なかなかお別れをする勇気が出ない。意気地なしな自分にがっかりしているうちに、私は眠りに落ちた。

久しぶりにぐっすり眠って見た夢は、桐谷さんと一緒にあのマンションで楽しく暮らしているというものだ。

目覚めて、ずっとあの生活が続けばいいなと願ったけれど、現実はそうはいかない。

始まりがあれば終わりがくることなんて、わかっていたのにな……

結局そんな感じで初日はホテルで寝て過ごし、二日目からお祭りが始まった。

地元の地域振興会の人たちに挨拶《あいさつ》をし、流れを確認したあと、私たちはうちの製品の缶ビールを提供する。その合間に奉納踊や傘鉾《かさぼこ》、神輿《みこし》が担がれるのを間近で見ることができた。

今までこんな大きなお祭りに参加したことがなかったし、地域の人たちの盛り上がりぶりに感動してお祭りに釘付けになる。

「うわぁ……！　すごいですね」

「だろ。伝統的なお祭りだから、一見の価値ありだよね」

「はい」

大勢の男性たちが声を出して神輿《みこし》を上げる様子は、身震いするほどの迫力で圧倒される。地響きのような掛け声を聞いて、私は仕事ということを忘れてしまうくらい夢中になっていった。

そんなふうに過ごすうちに夜になる。今日は出張メンバーで居酒屋に集まり、祝杯をあげることになった。

「いやぁ～。お疲れさまでした。なかなかいい反響でしたね」

「そうですね、お祭りに貢献できたんじゃないでしょうか」

「ですね」

お祭りではいつも別メーカーのビールを用意していたとのことだったが、今回うちの会社が協賛を持ちかけたおかげで、全ての飲み物をうちの商品で揃《そろ》えてくれた。

私たちも新商品を試飲してもらえるなど、充分にアピールできたと思う。

「――そして、そして！　僕らと同じ担当ブランドじゃないのに、伊藤さんが来てくれました。ありがとうございまーす！」

鈴村さんに紹介され、私は生ビール片手に立って挨拶《あいさつ》をする。

「えーっと、今回はご指名いただき、ありがとうございます」

「よっ、ナンバーワンキャバ嬢みたいな挨拶《あいさつ》！」

先輩たちが冷やかすような合いの手を入れてくるので笑ってしまう。

「ふふっ……とにかく、私も参加させていただき、こっそりお祭りにＰｕｎｃｈの試飲も出しちゃいました。へへ」

「仕事ができるねぇ」

「さすが伊藤ちゃん！」

「明日までの参加になりますが、どうぞよろしくお願いします」

「お願いしますーっ、かんぱーい」

こうして私たちの飲み会がスタートした。

ここのお店を押さえてくれたのは鈴村さんだ。この地域ならではの郷土料理が味わえる上に、うちのメーカーのドリンクを提供しているお店で、抜かりないなと感心する。

数時間の飲み会は、いい感じに終わり、みんなでホテルに戻ろうかという話になった。飲み足りない人は個々に飲みに行き、散り散りバラバラになる。店の前で先輩たちを見送り、数人が残った。

「伊藤さんはどうするの？」

「私は部屋に戻ります。眠いので……」

昨日たくさん寝たとはいえ、また東京に帰ったら仕事三昧《ざんまい》の日々だ。ゆっくりできるときに寝ておきたい。

帰ったらすぐに桐谷さんのマンションを出ていくつもりなので、新しく住む場所が決まるまで最悪ホテル暮らしになるかもしれないのだ。

「じゃあ行こうか」

「はい」

鈴村さんと私、先輩二人とタクシーを相乗りしてホテルまで向かう。ところがホテルの前に到着すると、一緒に乗っていた先輩は、この近くで飲みなおすと言い出した。

「え？　行っちゃうんですか？」

「うん。この辺に美味《おい》しいお店があるって聞いたから。あとは若いお二人でどうぞ～」

――うそでしょ……。ここで鈴村さんと二人きりになっちゃう？　極力二人きりにならないようにしていたのに。

私は急いで、ホテルのロビーに向かおうとした。

「あ、じゃあ、私……部屋に戻ります」

「待って。伊藤さん、話したいことがあるんだけど」

「え……？」

さっきまでの穏やかな雰囲気から一変して、鈴村さんは射貫くみたいに冷たい目で私を見つめていた。なんだか嫌な予感がする。

なんの話をされるのだろう、と身構えていると、彼は私にスマートフォンの画面を向けてきた。

「これ、伊藤さんと桐谷さんだよね？」

「こ、これ……は……」

鈴村さんが見せてきたのは、私と桐谷さんが手を繋いでマンションに入っていく写真だった。

「これ、どういうことなのかな？　伊藤さんって、桐谷さんと付き合っているの？」

――どうしよう……。

なんと言い訳すればいいのか出てこず、頭をフル回転させる。

ここで認めてしまっては、桐谷さんに迷惑がかかる。なんとしてでも誤解なんだということを伝えなければ。

「いえ……っ、これは、そう……たまたまです」

「たまたまで上司の家に行くの？」

「それは……」

苦しい言い訳に、追い詰められる。

「しかもこの日だけじゃないよね？」

スマホの画面がスクロールされ、私たちが同じマンションに入っていく写真が何枚も流れていった。

「どうしてこれを……？」

「僕、桐谷さんのマンションの近くに住んでいるんだ。気がつかなかった？　何度かスーパーにいたんだけど」

ダメだ、完全に見られている。言い訳できない……

逃げ場を失った私は、動揺して立ち尽くす。

「桐谷さんってさ、サクララボエージェントの副社長の娘と結婚するって噂だよね。もう会社同士の大きな話になっているらしいじゃん。それなのに君とこういう関係になっているなんて、バレたら大事《おおごと》になるよね？」

「……そう、ですね」

「どうしてこんなことしたの？　今、桐谷さんにとって大事な時期なんじゃないの？」

鈴村さんの言っていることは正しく、何一つ言い訳などできない。

でも私は桐谷さんに婚約者がいるなんて、つい最近まで知らなかった。知っていたなら、さすがに迷惑をかけないように関係を持たなかったと思う。

「伊藤さんって純粋そうな顔してるのに、彼女持ちの男と一緒に過ごすような子だったんだね。驚いたよ」

「違っ……」

「何が違うの？　何度も家に行って、男女の関係がなかったわけがないだろう。まあ、桐谷さんが一番悪いんだけどね」

その鈴村さんの言葉に、私は反発を覚えた。

桐谷さんは、火事で家をなくして行き場を失った私を助けようと、善意で同居を申し出てくれただけだ。一線を越えたのは、彼が発情体質で、たまたま私がその対応に協力しただけで……そういう疚《やま》しい関係じゃない。

いや、やることやっているから世間的にはいけない関係だけど、そんな桐谷さんにつけこんで抱いてもらっていたのは私。桐谷さんは悪くない。

悪いのは私だけ。

「私が一方的にお願いして、してもらっていたんです。だから桐谷さんは悪くありません」

「どういうこと……？」

「……私、桐谷さんを脅してカラダの関係を強要していたんです」

「へぇ……」

鈴村さんは、スマートフォンを操作しながら、にやりと口角を上げて悪そうな笑みを浮かべた。

「今の、録音させてもらったよ」

「鈴村さん……!?」

スマホのボイスレコーダー機能を使って私の音声を残した、と鈴村さんがにじりよってきた。私はますます追い詰められる。

どうしよう、証拠が増えてしまった。

でも桐谷さんを守るにはこれしかない。

私の立場が悪くなっても構わないから、なんとかこの場を切り抜けたかった。

「君はそう言うけど、サクララボエージェントにこのことがバレたら、伊藤さんに手を出している桐谷さんだって同罪だよね。サクララボエージェントとの関係が悪化したら、うちの会社に大きな影響を及ぼすよ。あーあ、桐谷さん、降格になるんじゃないかなぁ？」

「そんな……」

「ねぇ、伊藤さん。どうする？」

「……な、何が目的ですか？」

片方の口角を吊り上げて、鈴村さんは卑《いや》しい笑みを浮かべる。

「これって、私のこと脅迫していますよね？　どうしたいんですか？」

鈴村さんは私に近づき、腰に手を回してきた。

「そうだな、僕の相手もしてよ。上司に体の関係を強要するくらい、エッチが好きなんでしょ？」

「………っ」

私が桐谷さんと関係を持ったのは、彼のことが好きだったから。誰でもいいわけじゃない。

けれど鈴村さんには「誰とでも寝る女」だと認識されてしまったみたいだ。下衆《げす》な受け取られ方をされて悔しさが募《つの》る。

「ねぇ、僕のことも楽しませてよ。僕と寝たら、桐谷さんのことなんて一瞬で忘れさせてあげる。桐谷さんってさ、モテるのに、スカした態度で女性社員をかわしているよね。てっきり不能なのかと思ってた。伊藤さん、ちゃんと満足させてもらってた？　全然だったんじゃない？」

――最低……！

鈴村さんがこんなことを言う人だなんて思わなかった。お酒のせいというのもあるかもしれないけれど、酷《ひど》い。

もともと付き合う気などなかったけれど、この人とは絶対にないなと改めて心の中で反抗する。

「私が鈴村さんの相手をしたら、そのデータを消してくれるんですよね？」

「もちろん」

私は彼の言葉に、心を決めようとつばを呑み込む。でも……

――絶対に嫌だ。

鈴村さんに抱かれるなんて、絶対に嫌。

私の体は桐谷さんしか知らない。桐谷さんだから、何をされても悦《よろこ》んだし、反応していた。

桐谷さん以外の人に触れられたくない。でも桐谷さんを守るにはこれしかない。

桐谷さんが降格になって、サクララボエージェントの副社長の娘との縁談もなくなってしまったら、きっと大変なことになる。

桐谷さんはとても誠実な人だ。発情体質に相当悩み、我を忘れて私を襲うほど深刻な状況だっただけで、誰かれ構わず遊んでいる人じゃない。

みんなに誤解されたくない。だから――

「――いいですよ、お相手します」

「じゃあ、今から部屋に行こうか」

「……はい」

鈴村さんに肩を抱かれ、私はホテルのロビーに入った。そして私たちが宿泊しているフロアに向かうエレベーターに乗り込む。

今にも泣きそうになるのを堪《こら》えて、閉ボタンを押した。手が震えて止まらない。

私たちしか乗っていない空間で、もうすでに興奮気味の鈴村さんは、息を荒らげて抱きついてくる。

「そんなに欲求不満だったなら、僕に頼めばよかったのに。いつでも可愛がってあげるよ」

――やだ……！ 本当にやだ。

桐谷さん以外の人に触れられると、こんなに不快になるなんて知らなかった。つい彼を押し戻そうとしてしまうのをぐっと堪《こら》えて、ただひたすら耐える。

エレベーターの中で抱きつかれているのも嫌だけど、このままフロアに到着して部屋に入ってしまえば、その先が待っている。

このまま着かないでほしいと強く願うのに、どんどん数字は変わり上階へ進んでいく。

「チン！」と軽快な音が鳴り、エレベーターが私たちの宿泊しているフロアに到着したことを告げた。

「降りましょう。……離れてください」

「いいだろ、ここでも少し」

「やだ、やめて。鈴村さん……っ！」

エレベーターを降りたところで盛《さか》りだした鈴村さんは、私の穿《は》いているパンツスーツの上からお尻を揉《も》みだす。そして首筋に顔を埋《うず》めて、荒い息を繰り返した。

逃げたい。こんなの嫌だ。

——桐谷さん……助けて。

こんなところにいないとわかっているけど、桐谷さんに今すぐ会いたかった。

——桐谷さん、桐谷さん……！

心の中で何度も桐谷さんの名前を呼ぶ。

「伊藤さん！」

——え？

鈴村さんと揉《も》み合っていて、人の気配に気がつかなかった。背後から男性の声がして顔を上げると、そこには桐谷さんが立っている。

「きり……たに、さん……？」

「おい、鈴村っ。何をやっているんだ⁉」

私の体に密着していた鈴村さんを剥《は》がし、桐谷さんは私を奪うように抱き締めた。

「嫌がっている女性を無理に部屋に連れ込もうなんて、どういうつもりだ」

「どうもこうも……。僕たちは相思相愛で、伊藤さんは僕と寝たいって言っているんですよ。これは合意の上です」

「なんだって？」

断片的に話を聞いた桐谷さんは、この状況を把握できないらしく驚いている。

鈴村さんと寝ると承諾したことで、きっと桐谷さんには誤解されただろう。それこそ誰とでも寝る女だと思われてしまったかもしれない。

「僕たちは両想いだったのに、あなたは伊藤さんに手を出して、今までいい思いをしてきたのでしょうね。僕から彼女を寝取ってどんな気持ちだったんですか？　楽しかったですか？　これから僕たちは本来あるべき姿に戻るんです」

――えっ、いつの間にそういうことになったの？

鈴村さんの好意を受け取ったことはないのに、それが全く伝わっていなかったことに驚く。これから鈴村さんに抱かれてしまったら、彼の中でもっとややこしいことになってしまいそうだと恐ろしくなった。

「ほら、行くよ。伊藤さん。俺の部屋に行こう」

桐谷さんに抱き寄せられている私に向かって、鈴村さんは手を差し伸べる。

ここで桐谷さんから離れて鈴村さんのもとに行かないと、あの写真をバラまかれてしまう。

「ほら、早く！」

桐谷さんを守るため……この人の傍《そば》から離れないと。

そう思うのに、離れられない。

――桐谷さんと一緒にいたいよ。彼女がいても、他の人を好きでも、私のことを好きじゃないって知っていても、すごく好き。こんな関係をやめなきゃいけないってわかっているのに、彼のぬくもりを手放したくない。

桐谷さんのスーツのジャケットを握り締めたまま動けずにいると、私の肩を抱く手の力が強くなった。

「悪いけど、君に伊藤さんは譲れない。彼女が同意していたとしても、渡さない」

桐谷さんの口から出た信じられない言葉に涙が出そうになる。自分の立場も忘れて嬉しくなった。

けれど、鈴村さんが冷笑する。

「何を言っているんですか？　彼女がいるくせに、伊藤さんも欲しいなんて欲張りすぎですよ」

「彼女……？」

「そうですよ、サクララボエージェントの副社長の娘と付き合っているんでしょう？」

そうだ。桐谷さんはもうすぐ結婚をしてしまう。それを思い出して私は胸を痛める。

けれど、桐谷さんは拍子抜けしたように笑い出した。

「……は！　はは……っ、サクララボエージェントの副社長の娘、ね」

「え……？」

「何を勘違いしているのか知らないけど、彼女は他の男性と結婚が決まっている人だよ。どうしてその人と俺が結婚するんだ？」

その説明に、私は身を乗り出した。

「え？　うちの会社では噂になっていますよ。桐谷さんとサクララボエージェントの副社長の娘が結婚するって」

「あくまで噂だ。当の本人の俺がないと言っている」

「じゃあ、サクララボエージェントの副社長や娘さんがうちの会社に来ていたのは、どうしてですか？　桐谷さんとの結婚は会社同士の話にも発展しているって……」

「これはオフレコだけど……彼女は大物俳優と結婚するんだ。結婚発表後に、新商品の広告に二人で出てもらうという企画が出ている。極秘に進めている案件だから、君たちに話していなかっただけなんだけど――」

「で、でもっ！　桐谷さんが女の人と仲よく二人で歩いているところも目撃されていました」

「……多分、その相手は伊藤さんだろう。ここ何年も君以外の女性と二人きりになっていない」

「……桐谷さんの結婚話はただの噂だってこと……ですか？」

「当たり前だ。君と一緒に住んでいるのに、どうして他の女性と結婚することになる？」

――じゃあ……全部私の誤解だったってこと？

「俺は好きな女性にしか優しくしないし、一緒に住もうと思わない」

その桐谷さんの言葉を聞いて、私の胸が騒ぎ出した。

――うそ……本当に？　これって、現実？

「まだ信用しきれていない顔だな。……まぁ、伊藤さんにはいろいろと迷惑をかけているし、信用できない、か」

「そんなことありません……」

自分に自信が持てなくて、桐谷さんが私を抱くことに私が求めているような意味などないと思っていただけだ。

私は発情体質への対処相手ぐらいにしかなれないと決めつけて逃げていた。

けれど彼がいつでも私を大事にしてくれていたことを思い出す。

「これ以上は大事な話だから、二人きりになってから話したい。……そういうわけだから、鈴村くんに伊藤さんのことは譲らない」

その言葉に、私は鈴村さんがいたことを思い出す。いつの間にか桐谷さんと私だけが会話をしていた。

だけどこういうことなら、写真や二人の関係をバラされても問題はない。鈴村さんの言うことを聞かなくてもいいということだ。

ところが、鈴村さんは私に手を差し出して言った。

「伊藤さん！　桐谷さんの言うことを本気にしてはいけないよ。今までカラダだけの関係だったんだろう？　怒らないから僕のもとに戻っておいで」

私はふるふると顔を横に振って、鈴村さんの話を受け入れなかった。

そもそも私たちは付き合っていないし、両想いでもない。桐谷さんと関係があるからといって、彼に許してもらう筋合いはないのだ。

どうしてこんなふうに付き合っていると思い込まれているのかわからないけれど、私は桐谷さんが好きで、桐谷さんを守るために鈴村さんの脅迫に頷いただけ。それ以上の感情はない。

「私は鈴村さんに対して恋愛感情を抱いたことはありません。ごめんなさい。私が好きなのは、桐谷さんです」

――ついに言ってしまった。

桐谷さんだけじゃなく鈴村さんもいる中で、気持ちを正直に打ち明けた。

今まで言葉ではっきり言っていなかったから、鈴村さんに伝わっていなかったんだと思う。もっと早くにこうすればよかった。

「そんな……桐谷さんのことが、好きだなんて……。本当にいいの？　僕にしておけばよかったと、泣く日が来るよ」

鈴村さんは悔しそうな表情で、負け惜しみみたいな言葉を投げつける。先程までの不安でいっぱいだった私なら、動揺していたかもしれない……けど今はもう迷わなかった。

「大丈夫です。私、後悔しません」

「……そう、わかった」

しばらく考え込むようにしていた鈴村さんは、やがて静かに私たちの前から姿を消した。

私は安堵《あんど》のため息をつく。

「……はぁ、怖かった」

「大丈夫？　どうしてこんなことになっていたんだ。本当に鈴村に抱かれてもいいと思ったのか？　何か理由があったんじゃないか？」

「それは……」

なんでもないんです、とは言えず、私は桐谷さんに鈴村さんに脅迫されていた話を打ち明ける。

「バカ。俺を庇《かば》うためにそんなことしなくていいのに」

「でも、桐谷さんが他の人たちに誤解されると思ったら嫌で、私……」

話が終わる前にぎゅっと抱き締められる。桐谷さんの腕に強く包み込まれて、私は嬉しさで胸がいっぱいになった。

「全部俺が悪いな。伊藤さんに向き合わず、気持ちをちゃんと伝えていなかったんだから。今から話をしよう。今まで話せなかったことを、全部」

「……はい」

私も気持ちを伝えよう。そのあとどうなるかはわからないけど、思っていること全てを曝《さら》け出したい。

もうこれ以上、気持ちを隠せない。

桐谷さんのぬくもりを感じて、私はもう逃げないと決意したのだった。

8

俺——桐谷貴之は、月に一度、一日中発情してしまうという特異体質の持ち主だ。昔はそんなことはなかったのに、三年前のある日、突然この症状が発症した。
こんなことを誰かに言っても「何を言っているんだ」と一蹴《いっしゅう》されて、ただヤリたいだけだろう、とあしらわれるに違いない。

しかし本気で悩むくらいこの症状は深刻で、自分で制御できないほどの性欲に襲われる。

我を忘れて気を失い、目を覚ますととんでもないことになっていることがしばしば。

発情デーになると、自分が別人になったのかと思うくらい性格も変貌してしまう。

普段抑えつけている欲求が全て溢《あふ》れだしてコントロールできなくなり、初期のころなど発情が続いてどうしていいかわからず、のたうち回った。

——このままでは、人生が崩壊してしまう！

危機感を抱いた俺は藁《わら》にも縋《すが》る思いで医者をしている友人——巽啓介《たつみけいすけ》に相談することにした。

専門外の症状にもかかわらず、巽は親身に相談にのってくれて、彼のおかげで月に一日だけに抑えることができるようになったのだ。

……が、毎月定期的にやってくる発情デー。

ああ、もうすぐ来るな、とわかると、その日に合わせて俺は有給休暇をとるようにした。次の日に影響が出るくらい発情して寝られないからだ。

性欲がなくなると電池が切れたみたいに眠り、次に起きたときには、いつもの自分に戻っているという仕組み。

そもそもこんなふうになってしまったのは、ある一人の女性に恋をしたことがきっかけだと思う。

——三年前。

俺は、ブランド戦略部の部長に就任した。同じ時期に、数人の新入社員もブランド戦略部にやってくる。

その中にいたのが、現在ルームシェアをしている伊藤菜々だ。

緊張した表情で、着慣れていないベーシックなビジネススーツに身を包んだ伊藤さんは、まだあか抜けていなくて、とても初々《ういうい》しかったのを覚えている。

他にも新入社員はたくさんいるのに、彼女を見るとなぜか心がざわつく。

伊藤さんにばかり目がいってしまうのは、会社に慣れていなくて危なっかしいからだ。

そう思って、気にしないようにしていたが、気がつくと彼女を目で追っていた。

真面目で一生懸命なところ。たまに笑うと頬にえくぼができて愛らしいところ。集中して仕事をしているときは、髪を耳に何度もかけるところ——

彼女の仕草一つ一つが可愛くて、つい目を奪われる。

——もしかして、彼女に惹かれている……？

いや、まさか。気のせいだ、気のせい。

まだ社会人になりたての新入社員にのぼせあがるなんて、あるわけがない。そもそも同じ会社の女性と恋愛関係になるなど、やめておいたほうがいい。これは一時の気の迷いだろうから、気にしないようにしよう。

そう言い聞かせても、彼女への想いは募《つの》るばかり。こんな感情はすぐに消えると思っていたのに、全然消えてくれなかった。一緒に過ごす時間が増えるにつれ、むしろ加速していく。

伊藤さんは普段大人しくて、あまり男性と話をしないタイプの女性だ。別に暗いというわけではないが、男性慣れしておらず奥ゆかしい雰囲気を持っている。

だが、こちらから話しかけると嬉しそうに微笑《ほほえ》んで俺に尊敬の意を見せてくれていた。上司に対する礼儀、社交辞令だとわかっているのに、彼女の態度を素直に喜んでしまう俺がいる。

――マジかよ。俺、本気で伊藤菜々が好きなのか？

今までそれなりに恋愛経験は積んできた。

一年前まで恋人もいた。大学時代の同じサークルの子で、告白をされて付き合ったのがきっかけだ。お互い社会人になってからも忙しいながら時間を作って交際を続けていたが、彼女は結婚願望が強い上、会いたい欲の強い人で、喧嘩も多かった。

仕事優先で忙しい俺に不満があった彼女に、他に好きな人ができたと切り出され、俺たちは別れている。それからしばらくして、ＳＮＳで彼女が結婚したことを知った。

結婚を望む彼女に応《こた》えることができなかったのはなぜだろう、と自問自答したことがある。彼女のことはそれなりに愛していたつもりだったし、できる範囲で要望を叶えていたつもりだ。

でも、そこまで夢中になりきれていない自分がいたことに気がついた。

それなのに今はどうだ。一方的に部下に惚《ほ》れてしまい、どうすればいいか頭を悩ませている。

俺が頼んだ小さな仕事をやり遂げ、「できました！」と嬉しそうに報告してくるときの伊藤さんの笑顔に胸をときめかせるなんて。

——なんだ、これは……

彼女は、一度仕事を教えると、次までにそれ以上のことができるようになろうと努力を惜しまない。

やる気に溢《あふ》れていて、仕事に対する情熱と意欲を伝えてくれる彼女は、ますます可愛がりたくなる部下になっていった。

——ああ、ダメだ。気持ちが止められそうにない。

でもきっと伊藤さんは俺のことをそういう対象に見てはいないだろう。

彼女を困らせたくない——そう思った俺は、この感情を打ち明けず、温めておこうと考えた。

しかし、それがよくなかったらしい。

募《つの》る想いと比例して、伊藤さんが欲しくなる。

スーツを着た華奢《きゃしゃ》な体、艶《つや》のある柔らかそうな茶色の髪、細くて小さな手。

その体に触れたくて、俺の頭の中でよからぬ妄想が広がる。

――仕事中に何を考えているんだ。思春期の男児じゃあるまいし！　伊藤さんをそういうやらしい目で見るなんて、どうかしている。やめろ、俺。

真剣に仕事をしている彼女に対して失礼だと己を叱咤《しった》するのに、悶々《もんもん》とした気持ちは膨《ふく》らむばかり。

それを無理に抑えつけるものだから、俺の中のバランスが崩れてしまった。

ある日突然、その日はやってきた。

いつも通りの生活を送っていたはずなのに、猛烈な性欲が俺を襲ってきた。

「なんだ、これ……」

――シたくて、シたくて、たまらない。

夜、家に帰って一人でいると、伊藤さんのことばかり考えて興奮状態になり、治まらなくなった。

そうなってしまった場合、男なら自慰行為をして自分をコントロールすることができるが、それをしても全く治まらない。

体がどうしようもないほど火照《ほて》り、血液が逆流するみたいにドクンドクンと激しく脈動を繰り返す。全身が疼《うず》き、だんだん激しくなる欲求。見境なく誰でもいいから抱きたいと思う衝動に駆られる。

「だめだ、治まらない。どうなっているんだ……？」

——今までの俺じゃない。

人並みの性欲はあるし、それなりに欲情することはある。しかしこんなふうに欲しくてたまらなくなったことはない。

なのに、今の俺はどうにかして女性をこの腕に収めたいという欲にまみれていた。

そういうことは、ちゃんと付き合っている相手としなければ。無責任なことをするなど許せない。

でも自分が自分でなくなってしまいそうなほど、抱きたくて仕方ない。

——耐えろ、耐えるんだ……

壊れそうな理性を奮い立たせて、その日、俺は必死でこの性欲を抑えることに成功した。

なんとか一晩やり過ごしてホッとしたのもつかの間。

仕事をしている日中は元に戻ったが、次の日から夜になるとまた同じように欲求が高まって、体のコントロールがきかなくなってしまった。

そしてついに理性が崩壊する。

気がつけば朝になっていた。昨夜の記憶はない。

「おい、嘘だろ……」

目覚めると、知らないホテルのベッドの上。隣には知らない女性。荒れている部屋の形跡を見る限り、かなり激しいセックスをしたと思わせる。

こんなことをしでかした自分が信じられず、受け入れられなかった。

セックスを覚えたての男じゃあるまいし、ヤリたくて仕方ないなんて二十代後半の男性がそんなことになるのはおかしい。

ただ、体力的にも十代とは違うのだから、自然と治まるだろう、そう願っていた。

けれど、一日だけでは治まらず、翌日も、その翌日も同じだった。

仕事に精を出し、目いっぱい体を動かして疲れるように仕向けても、夜になるとまた性欲が湧き上がってくる。

疲れていればいるほど、逆に酷《ひど》い。

避妊はしっかりしているし、無理強《むりじ》いはしていないみたいだけど、記憶がなくなっている間に、見ず知らずの女性に手を出している。

それが何度も続き、このままではいけないと危機感を覚えた。

こんなのは病気だ。

悩んだ俺は、医者をしている巽のもとを訪ね、恥を忍んで相談した。

幸い彼は俺の症状にちゃんと向き合い、試行錯誤の上、薬を処方してくれた。おかげで毎日だった発情が月に一日に治まる。

それだけでもありがたい。また、夜にジムに行って欲求を昇華させることでどうにか自分を抑えることもできた。

けれどやはり自制がきかなくなるほどの発情はとても厄介で、今でも俺を悩ませている。

それなのに、好きな女性と一緒に住むことになろうとは。予想外の展開で俺も驚いた。


——数ヵ月前。

その日も夜になると、いつも通り発情が始まった。

「はぁ……」

行き場のない欲求を吐き出すように、熱い吐息が漏れる。

この渇ききった体をどうしようか、と頭を悩ませながら、スーツのネクタイを緩《ゆる》めた。

発情している体を持て余しつつジムに行こうと会社の近くを通りかかったとき、俺の所属する部署のフロアに照明がついているのが見える。

——こんな遅い時間なのにどうして灯りがついているんだ？　今日は誰も残業する予

定じゃなかったはずだ。

誰だろう、と思いながらフロアに着くと、デスクに突っ伏して眠っている伊藤さんを見つけた。

——こんなところで何をやっているんだ……？

悶々《もんもん》としている俺は彼女に近づき、獲物を見つけた獣のように喜んだ。

寝てる。

目の前に無防備な伊藤菜々がいる。

——このまま持ち帰って抱きたい。

今すぐこの柔らかそうな肌に触れて、茶色くて触り心地のよさそうな髪を撫《な》でたい。

彼女はいつも俺が話しかけると、頬を赤く染めて喜んだ顔をする。

そんな初心《うぶ》な彼女に、いやらしいことをしたら、どんな反応をするだろう。

想像すると、欲求が暴走し始めた。

そのことで頭の中がいっぱいになり、耳鳴りに似たような症状が現れ、目の前がクラクラする。意識が飛びそうになりながら目の前の獲物をじっくりと眺めていると、本格的な発情が始まった。

——ダメだ。彼女は俺の部下だぞ。本能のまま抱いてしまってはいけない。落ち着け、落ち着け。

すうすうと寝息を立てている唇に触れたくてたまらない気持ちを抑え、伊藤さんを揺さぶり起こした。

そして、家が火事になって行くところがないと言う話を好都合だと感じる、下心にまみれた俺。そんな俺の本心には気がつかず、彼女は素直に家までついてきた。

俺が熱い視線を送っても、それなりの雰囲気を作ろうとしても、彼女には全く響かない。男性経験のある女性なら、空気を察知して乗ってくるなり断るなりするのに、彼女には伝わっていないように感じる。

男性の家に行くことも二人きりになることも経験したことがないのだ。

邪《よこしま》な気持ちでいっぱいだったことを恥じた俺は純真無垢《じゅんしんむく》な伊藤さんを悲しませたくないという一心で自分勝手な想いをセーブすることができた。

必死で我慢して、伊藤さんだけマンションに残し、外に行く。

予定通り二十四時間やっているスポーツジムに行き、有り余っている体力を全て消耗して性欲を昇華させることで乗り切った。

だが、翌日の後悔は凄《すさ》まじく――

――どうして勢いで伊藤さんに一緒に住もうなどと言ってしまったのだろう。

上司の俺が、部下の彼女にそんなことを迫るなどあり得ない。後先考えず、その場の勢いで同居に誘ってしまったことを激しく後悔した。

もちろん伊藤さんと住むのが嫌なのではない。

発情している状態の俺は、普段とは正反対のキャラになる。そんな態度で迫ったことを悔やんだのだ。

強引に迫ってしまったから、上司命令だと思って断れなかったんじゃないだろうか？

伊藤さんは、いつも俺が頼んだことに対して嫌な顔をせず従順に応《こた》えてくれる。このルームシェアも仕事の延長の気持ちで承諾したのかもしれない。

気を使わせていたらどうしようかと頭を悩ませた。けれどその後、伊藤さんに確認すると、嫌がってはいないようで、むしろ助かったと言う。

俺は心からホッとした。

こうして俺たちの同居生活は始まった。

前々から伊藤さんとは仕事がやりやすいと感じていたが、それはプライベートでも同じようだ。

今まで家族以外と住んだことがなく、他人と住むのは難しいと想像していた俺の予想を裏切り、伊藤さんは俺の生活に自然と溶け込んでいった。むしろいてくれて助かっている。

お風呂やキッチン、洗面所など、水回りを使用したあと、そのついでに掃除をしてくれているし、部屋の掃除も気付くとさらっとしてある。

こまめに片付けをしてくれるおかげで部屋は整理整頓され、快適に過ごせた。

仕事で休日くらいしかしっかりと掃除ができない生活の中、こうして何かのついでに綺麗にしてくれるのはありがたい。

そして料理は、一緒にキッチンに立って、「今日は何にしよう?」と二人で考える。

俺がメインを作るとなると、彼女は付け合わせを作ってくれた。

栄養バランスのいい食事になるように話し合い、完成したあとは向かい合って楽しく食事をとる。

仕事上でも合うと思っていたが、プライベートもこれほど合うとは。想像していた以上に伊藤さんとの生活は心地よく、楽しく過ごせていた。


しかし、毎月やってくる発情デー。

それ以外の日の性欲を抑えているぶんの反動なのか、強く発情する夜がやってくる。

その日になると俺は夜な夜なスポーツジムに通い、筋トレに励んだ。

そうじゃないと、無理やり伊藤さんを壊すほど激しく抱いてしまうと思う。

――そんなことは絶対にしたくない。

ところが、うちの部署の鈴村という男性社員が、伊藤さんを好きだと言い出した。

彼が堂々と「告白しました！」と宣言したせいで、うちの部署では鈴村と伊藤さんは公認カップルのように扱われ始める。

――冗談じゃねぇ。

俺の中で何かスイッチが入ってしまった。

〝菜々は俺のものだ。鈴村には渡さない〟

鈴村に言い寄られて困っているように見える伊藤さんを助けるべく、「俺と先約がある」と嘘をついて彼女を独占した。

だが、その日は発情デーだった。長い時間一緒に過ごしていたら、伊藤さんを襲ってしまうかもしれない。

彼女と一緒に住むようになって、前より性欲が湧き上がってくるようになっていた。

薬を飲んでジムに行っても治まらなくなってきた気がする。

それでも必死に我慢してやり過ごしてきたのだが……。

今日はそうはいかない。鈴村から伊藤さんを守るため、残業しなくては。

そうして仕事のフリをして会議室で一緒に過ごしているうちに、案の定、発情が始まってしまった。

――きた。

体の奥から湧き上がってくるような欲求。呼吸は乱れ、額《ひたい》に汗が滲《にじ》む。クラクラとして全身の血が沸騰《ふっとう》したみたいに熱くなり、強烈な興奮が俺を襲う。

――耐えろ、耐えるんだ。

伊藤さんにこの姿は見せられない。

せっかく順調に同居生活を送っているのに、彼女に手を出したら一緒に住めなくなってしまう。この生活を守るため、絶対に手を出してはいけないんだ。

理性を奮い立たせて自分を抑えていたのに、鈴村が伊藤さんにしつこく付きまとったせいで、とうとう発情デーであるにもかかわらず一緒にマンションに帰ってしまった。

――同じ空間にいてはいけない。すぐに自室に籠《こも》ろう。

そう思って自分の部屋に閉じこもっていたのに、伊藤さんは滋養強壮《じようきょうそう》ドリンクを持って俺の部屋に勝手に入ってきたのだった。

――バカやろう！　俺がどんな気持ちで耐えているかも知らずに！　伊藤さんのこと、大事にしたいと強く思うのと同じくらいの熱量で抱きたいと思っているんだ。

一生懸命我慢しているのに、無防備に入ってくるなんて……本当に、もう。

理性が崩壊した俺は、結局、ベッドに彼女を引きずり込んだ。

そこからはもう止まれなかった。

性欲を抑えきれず、伊藤さんの初めてを奪う。

今まで誰とも経験したことがないと知っていたのに、自分を止められず、むしろ誰ともしたことがないのなら好都合だとすら思った。

――俺だけのものになればいい。

俺がすべてを奪う。そうしたら、菜々を独占できる。

抱きたくて、抱きたくて、抑え込んでいた欲が一気に溢《あふ》れる。

煮えたぎるように熱くなった体を解き放ち、本能のまま一心不乱に彼女を貪《むさぼ》った。

――鴨《かも》が葱《ねぎ》を背負《せお》って来た――「食べてください」と言わんばかりに獲物が自《みず》ら俺のもとにやってきたんだ。このチャンスを逃すわけがない。

俺がどれだけこの瞬間を望んでいたことか、伊藤さんは知ればいい。

一緒に住んで二ヵ月。無防備な彼女に、どれだけ誘惑されたことか。

短いパンツから伸びる、肉付きのいい太もも。白いそれに、かぶりつきたいと何度も思った。

使用済みのブラジャーを脱衣所に忘れていることもあったし、洗濯機の中にショーツが残されていることもあった。

そのたびに俺は発情する。

発情デー以外に、こんなに性欲が高まったことなどなかったのに、伊藤さんといると毎日刺激されて体が持ちそうにない。

自己処理しても、どんどん湧き上がってくるから困っていたんだ。

もちろん、そんなことを彼女は全く知らない。

けれど、気がついていないから、余計に厄介だ。無意識に何度も俺を誘惑してくる。

それでも、暴走しそうな気持ちを抑えて、初めての彼女に、できる限り優しくしたつもりだ。

そのせいか、一度終えたあとも、性欲は治まらなかった。体がなかなか鎮《しず》まらず、すぐに次が始まる。

まだまだ終わらない。彼女の体を味わいつくしたい——

抱くというか、抱きまくるというのか。何も知らない純真無垢《じゅんしんむく》な彼女に好き放題したと言うのが正しい……。

そして翌日、「うわぁぁ」と声を上げたくなる痴態の数々が俺の頭の中に蘇《よみがえ》った。

俺はなんてことをしてしまったんだ。

深く反省したが、しなければよかったとは思わなかった。

伊藤さんを抱きたいと強く願っていたことに後ろめたさはない。欲望に支配されていたとはいえ、精一杯愛したつもりだった。

……少し（?）乱暴な口調だったことは否めないが。

本当に自分勝手な男だと呆れたものの、今まで我慢し続けてきてよかったと思えるほど、俺は幸せだった。

そんなふうに、好きな子と一緒に住み、その初めてを奪うという暴挙に出た俺は、なんやかんやでいい感じにルームシェアをしているという状況を作り上げていた。

――いいのか、俺⁉

好きだと気持ちを伝えなければ、完全に酷《ひど》いことをしているだけの男だ。部下を上手く丸め込んで、都合のいいときにだけ抱くセクハラ上司になり下がっている。

俺の体質を本気で心配してくれている伊藤さんに「発情デーに相手してほしい」なんて最低なことを言ってしまうし、彼女はなぜかOKしてくれるし。

彼女は上司からの圧を感じて断れなかったのかもしれない。

気持ちを伝えようと急《せ》く気持ちをよそに、発情デーの頻度が高くなっていった。俺はコントロール不能な自分の体に不安を抱く。

伊藤さんがこんな男の彼女になってくれるはずない、と気を落とした俺は、好きという言葉が言えないでいた。

＊　＊　＊

「はぁぁぁぁ～っ」

俺は脱力し、今まで出したことのない底なし沼みたいな深いため息をついた。

「おいおいなんだよ、いきなり。何をそんなに落ち込んでいるんだ？　また何かやらかしたのか？」

「そうだよ、お前の言う通りだ」

「あーらら」

俺は頭を抱えて、机の上に突っ伏す。

今日は友人である巽啓介のもとにカウンセリングに来ていた。高校からの友人である彼は、開業医をしている。

激戦区である東京二十三区から外れた郊外で開業したのが当たり、若くして人気のクリニックの院長だ。

専門は内科だが、俺は特別に診察してもらっていた。しかも今日は日曜日で休診日なのに、わざわざ時間を空けてくれているから頭が上がらない。

巽は俺の前にホットコーヒーを差し出し、自分のデスクに腰掛ける。

「まぁ、そんなに落ち込むことはないだろう。三年前のことを思うと、ここまでコントロールできるようになっただけマシだよ。あのころの桐谷は異常だったじゃないか」

「そうだけど……」

「別に相手を傷つけるようなことはしていないんだろう？」

「……多分」

肉体的には傷つけてはいないはずだけど、精神的にはどうだろう？

昨夜のことを思い出した俺は、なぜあんなことをしてしまったのだろうと落ち込んだ。

昨日、伊藤さんたちが企画したイベントがクラブで行われた。俺は昼間、自分の担当している仕事があったため外回りをしていた。だから、そのまま直帰すればよかったのだ。しかし部下が企画した大型イベントの初日であるし、やはりここは顔を出しておかなければならないと思い、俺は会場に向かってしまった。

——クラブなんて何年ぶりだ？

学生のころに何度か足を運んだことはあったけれど、この年になって行くなんて、と思いながら足を踏み込む。

暗いフロアの中は様々な色のライトで照らされていた。

一人一人の客の顔はよく見えないが、服装からわかる客層はやはり若い。小泉さんがターゲットとしている層の若者たちが溢《あふ》れかえっていた。

ちょうどうちの会社のイベント時間に間に合ったようで、大きなプロジェクターに我が社のCMが流れている。イベントコンパニオンたちが客に缶酎ハイを配り始めていた。

——なかなかいい手ごたえじゃないか。よく盛り上がっているし、SNSで拡散もされているみたいだ。

会場の様子をムービーで撮影したり、写真撮影をしたりしていると、一人の女性の姿が目に入った。

伊藤さんだ。

彼女がいつもと違う色っぽい格好をしていることに驚いた。

——あんな姿、見たことがない。

同居してすぐのころ、火災で全ての服を失ってしまった彼女と一緒に買い物に出かけた。なので、彼女の持っている服はだいたい把握しているはずだ。

ああいう服は持っていなかったのに。

——わざわざ今日のイベントのために買ったのか？　あんな短いスカートを？

もしかして、小泉さんの影響？　いや……このクラブで彼氏を見つけようっていう魂《こん》胆《たん》じゃ？

そんな考えが浮かんで、沸々《ふつふつ》と怒りが湧いてくる。

さっきから周りの男が伊藤さんを気にしているのも知っていた。声をかけようかかけまいか悩んでいる様子で、彼氏持ちじゃないかとチェックしている。

近くにいるあの男は伊藤さんが彼氏持ちじゃないと判断したら、すぐに声をかけにいくつもりだろう。

それ以外にも、今日はブランド戦略部の奴らもこのクラブに来ている。暗いから向こうは気がついていないだろうけど、遠くのほうに鈴村の姿が見えた。

——やっぱり来ているよな。……そうだと思っていた。

鈴村は明るくて優しい男だが、仕事ぶりを見ていると、詰めの甘さと粗さが目につく。社交的なのはいいが、周りを見ていないところがあるのだ。

何より、伊藤さんが断っているにもかかわらず、全くめげない精神には呆れる。むしろ伝わってなすぎて恐ろしくなるほどだ。

彼は計算高く、冷徹な一面を持っているんじゃないかと、俺は勝手に分析していた。少し猟奇的《りょうきてき》な匂いがしていて……ってこれは勘だけど。

とにかく、鈴村は危険な男だ。伊藤さんに近づけたくない。

鈴村が大っぴらに「伊藤さんが好きだ」と宣言したのは、他の男を牽制《けんせい》するためだろう。彼女を狙っているから、他の奴らは手を出すなよ、という警告。全部計算してやっている。

——アイツには負けねぇ。っていうか、菜々は俺のものだからな。

発情スイッチが入りそうになっていることを感じた俺は、急いで冷静になろうと深呼吸する。

けれど、嫉妬心《しっとしん》が湧き上がって止められない。

そしてついに——

〝俺とセックスしているところ、鈴村に見せてやるか？〟なんて言ってしまった。

その上、クラブのトイレの中で彼女を襲うみたいに抱いた。

性欲剥《む》き出しにして、すぐ傍《そば》にいる鈴村に見せつけるよう、わざと激しくして彼女を追い詰めたのだ。

声を押し殺して感じている伊藤さんを見て、さらに興奮していったなんて、我ながら最低だ。

わかっているのに、彼女のことになると冷静じゃいられなくなる。

いい年して嫉妬《しっと》なんて、本当どこまで子どもなんだと呆れてもいる。

でも、止められない。

――菜々は俺のものだ。菜々の体は俺だけが知っている。

その優越感に浸《ひた》り、彼女の体にも「俺にだけ溺れろ」と言わんばかりの快感を与えて教え込んでいく。

俺以外の男に反応しないように、俺の体が欲しくなるように。そうして、自《みずか》ら俺を欲しがるようになればいい。

歪んだ思考だと自覚しているものの、どんな手段を使ってでも俺のもとから離したくないという欲望は募《つの》るばかりだった。

――鈴村なんかに渡さない。菜々の全てを知っているのは俺だ。

今までも、この先も、ずっとそうであればいい――

「あー、もう。俺は、どうすればいいんだろう……」

「そんなに思いつめなくても大丈夫だろ？」

巽に出してもらった温かいコーヒーを飲んで、俺は落ち着こうと一息ついた。

「承諾してもらっているかもわからないのに、勢いで抱いてしまった。こういうのって、犯罪じゃ……」

「嫌がる素振りはなかったんだろう？」

「それは……なかったけど……」

「一緒に住んでいる子なんだ。それに今までも何度もしている……なら、大丈夫なんじゃないか？　もし本当に嫌なら初めて抱いたあと、訴えられてる。そこまでいかなくても、すぐに同居を解消されているはずだ」

それはそうかもしれないけれど……

伊藤さんは俺のマンション以外住む場所がない。俺の発情のせいで体の関係を持ってしまい気まずいのを我慢して、仕方なく同居しているのかも、なんて弱気になる。

いや、でも――本気で嫌だったらすぐに新しいマンションを探して出ていけるよな。

最近じゃ毎日一緒のベッドで眠っているし、腕枕をすると俺のほうにすり寄ってくるまでになった。頭をすりすりされると、撫《な》でて額《ひたい》にキスをしたくなる。

可愛くて、愛《いと》おしくて……ああ、もうたまらない。

「桐谷がこんな体質になって、もう三年も経つんだな。早いな」

「……長いよ。俺にとっては」

「当事者はそうかも。それにしても、最初に打ち明けられたときは、何を言っているんだと驚いたけどな」

「このままじゃ、彼女と付き合うことも結婚もできない。万が一タガが外れて、大事な人がいるのに他の女性に手を出してしまったら……と思うと怖くなる」

「月に一度になったんだし、時間が経てば、二ヵ月に一度……三ヵ月に一度……と、減っていくかもしれないだろう。そんなに焦《あせ》らないほうがいい」

改善がみられているのに、焦《あせ》ると悪化する可能性がある、と注意された。

それはそうだろうけど……部下を、あんなふうに外で求めてしまう自分が許せない。

「もしかしたら桐谷は、先祖返りなんじゃないかと思うんだ」

「先祖返り……？」

これは一つの仮説だ、と巽は話し出す。

「ああ。隔世遺伝という言葉を耳にしたことがあるだろう？　個体の持つ遺伝形質が、その親の世代では発現しなくて、それ以前の祖先から世代を飛ばして遺伝しているように見える遺伝現象のことだ。桐谷がこんなふうに子孫を残したいという動物的な本能に支配されてしまうのは、我々人間が人間として存在する前の名残《なごり》なんじゃないか？」

「要は、猿人くらい前の動物みたいになってしまったってことか？」

「……医者らしくない非科学的な考えだけどな。そういう可能性もあると、俺は思ってる。あらゆる可能性を考え、仮定して研究していくのが俺のさがで——」

話が長くなってきた。

巽は昔から勉強が得意で、気になったことはとことん調べないと気が済まない性質の男だ。

仕事で忙しいのに俺のためにいろいろと調べて考えてくれていることに、感謝している。

「一番は、桐谷がこうなってしまった原因がわかればいいんだけどな」

「原因……」

「まあ医学的な考えでは、桐谷の症状は心因性だと見立てているけどな。お前がそうなってしまったのには、何かきっかけがあったんじゃないか？」

それがきっかけで先祖返りの遺伝子が発現したのかもしれないと巽は笑った。

「無理に話せとは言わない。話したくなったときに話してくれればいいんだ。ただ原因がわかれば、解消方法が見つかるかもしれないとは言っておく」

「ありがとう」

巽のクリニックから出て、俺は電車に乗り込んだ。

昨日、体調が悪くなったと鈴村を断らせてクラブから帰ったあとも伊藤さんをしつこく抱き、疲れ果てた彼女は意識を失うように眠ってしまった。

あんなに何度もしたから、彼女の体を傷つけたんじゃないだろうか。

今日は伊藤さんにゆっくりと疲れを癒《いや》してもらおうと考える。スーパーとドラッグストアに寄って買い物を済ませてからマンションに帰った。

家に帰るとやけに静かで、俺は寝室をのぞいてみる。するとまだ俺のベッドの中ですやすやと寝息を立てている伊藤さんを見つけた。

セックスが終わってすぐに寝てしまったので、彼女の体を綺麗にしてから俺のTシャツを着せておいている。

自分でそうしたのにもかかわらず、大きめなTシャツに身を包んでいる伊藤さんがいつもより小さく見えて愛《いと》おしい気持ちになった。

目を瞑《つむ》って気持ちよさそうに眠っている顔は、ずっと見ていられそうなほど癒《いや》される。

もうすぐ十二時だ。

伊藤さんが寝ている間に、食事の準備を済ませようとキッチンに向かった。

ランチの時間だが、寝起きでたくさん食べられるかどうかわからないので、軽めのものを作ろう。バゲットにハムとチーズ、それからレタスとトマトを挟む。

低脂肪のヨーグルトにベリーソースをかけて、これらをプレートに載せてカフェラテを添えれば完成だ。

少しでも喜んでもらえればいいなと思いながらテーブルに並べていると、ぺたぺたという足音が聞こえてきた。

「おはよう……ございます」

「おはよう」

目を擦《こす》りながら歩いてきた伊藤さんは、すっぴんで髪もナチュラルなままだ。大きめなTシャツからすらっと伸びる細い脚《あし》を見て、また欲情しそうになった。

「シャワー浴びておいで。食事の準備ができたから、一緒に食べよう」

「いつもありがとうございます……！　じゃあ、急いで入ってきます」

「急がなくていいよ、ゆっくり入ってきて」

にこっと微笑《ほほえ》んで「はい」と返事をする伊藤さんを見送り、俺は食事の準備に戻る。

しかし頭の中は彼女のことばかりで、先程の姿を思い出しては悶々《もんもん》としていた。

いつも思うけど、伊藤さんは恐ろしいほどに危機管理能力が低い。いつも無防備で、隙だらけだ。男慣れしていないということを加味したとしても、叱《しか》りたくなるほどなっていない。

――俺以外の男に、絶対にこんな姿を見せてはいけないということをわかっているのか？

いや、俺だって恋人ではないのだから、見せてはいけない男の一人なのだろうけど……その無防備なところにつけこんで、悪さをしている俺が一番悪い男だ。

それなのに、こんなふうに無防備なところを見せるのは、俺だけの前であってほしいと願う。

しばらくしてシャワーを終えた彼女は、急いで髪を乾かしてリビングにやってきた。そして俺の作ったランチを食べ、幸せそうな顔で喜んでくれる。

「はぁ……美味《おい》しい。いつもありがとうございます」

「大したものじゃないから気にしないで」

もともと料理をするのは好きで、一人で暮らしているときも自炊はしていた。こうして一緒に食事をする相手がいるとなると、作るのがより楽しくなりマメに作るようになっている。

「お腹いっぱいになった？」

「はい！」

俺のシャツに身を包んだままの伊藤さん。

胸まである茶色くて柔らかそうな髪が艶々《つやつや》している。白い肌に、細い肢体。頬や唇は淡いピンクで、目は大きくてくるんと愛くるしい。

そのすべてを一つ一つ見つめていると、ドクン、と胸が大きく鳴る。

――あ、ダメだ。この感じ。

そう思ったときには、もう始まっていて、全身が脈打つみたいに鼓動が響き渡った。

「昨日たくさんしてしまったけど、痛みはないか？」

「……え？」

俺が急にそんなことを聞くものだから、伊藤さんは驚いて頬を赤く染める。

「いや、その……痛くは……ない、ですけど」

「ないけど、何？」

「なんだか……異物感？　みたいなものはあります。ずっと、何かあるような……感じ、っていうんでしょうか？」

――つまり、俺とセックスしていないのに、ずっと俺に挿《い》れられているみたいな感覚がしているってことか？　今、こうして何げなく食事している間も、ずっと俺のものを感じているみたいに？

無意識だろうけど、エロい回答をしてくる。誘っているんじゃないかと勘違いしそうになった。

「大丈夫？　塗り薬を買ってきたから、よかったら、塗ろうか？」

「塗り薬……ですか？」

「うん。もしかしたら傷つけてしまったんじゃないかと思って心配で。見せてくれない？」

目をぱちくりとさせて驚く伊藤さんをさらって寝室へ向かう。状況を把握できず、「はわわわ……」と焦《あせ》っている彼女をベッドに押し倒した。

「あの……っ、桐谷さん、私……きっと大丈夫だと思います……っ」

「ダメだよ。ちゃんと見せて。もし傷ついていたら大変だろ？」

大丈夫だと言う彼女の言葉を無視して、俺は彼女の脚《あし》を開いていった。細い脚《あし》を開くと、淡いピンクのショーツが丸見えになる。

「ダメ……です、こんなに明るいのに……っ」

「大丈夫、何回も見ているから」

「でも！　こんなの、恥ずかしいです。全部、見えちゃう……」

全部見るためにこうしているんだよ、と心の中で呟《つぶや》く。

明るい昼間の光が差し込む寝室で、伊藤さんは俺にされるがまま脚《あし》を開いて下着を晒《さら》している。

俺はショーツの隙間から指を通し、一思いにするんと膝あたりまで下ろした。

「ちょっ……待ってください。こんなの、恥ずかし……」

「大丈夫、傷がないか、確かめるだけだから」

閉じている秘部を指でなぞり、形を確かめる。肉厚な媚肉を広げると淡いピンクの粘膜はすでに蜜で潤《うるお》っていた。

「あれ……？　ちょっと濡れてる？」

「そんなこと……っ、あ！」

指でそこを弄《いじ》ると、くちゅくちゅ、と蜜音が鳴る。その音を聞かせると、伊藤さんは顔を逸《そ》らしてそれ以上何も言わなくなってしまった。

「傷はないようだけど……ちょっと赤くなっているかな？　早くよくなるように、薬を塗るよ」

「……はい」

抵抗を諦めたのか、大人しく言うことを聞くようだ。俺は先程ドラッグストアで購入したワセリンを取り出して指ですくう。

「それは……なんですか？」

「保湿剤。ここに塗っても大丈夫なものだから安心して」

ぬるんとした保湿剤をそこに塗っていった。本来ならひと塗りして終わればいいのだが、執拗《しつよう》に塗り込む。

「……ん、ぁ……っ、はぁ……」

菜々の形をなぞり、隅々まで指を這わせた。俺の指の熱と彼女の秘部の熱で、次第に保湿剤は熱くなり、とろとろになって蜜と融合する。

「あ……ぁ、ん……。も……そんなにしないで……。変な感じが……」

「そうなの？　痛い？」

「痛くは……ない、ですけど……ジンジンして……熱い、です」

菜々の顔を見ると、とろけた顔でこちらを見つめていた。

きっとこのぬるつきで気持ちよくなってきたに違いない。

指に感じる熱は、どんどん増していっている。このままもっといじめたいという欲が湧き、蕾《つぼみ》を指で擦《こす》ってみると、彼女の腰がビクンと大きく揺れた。

「ここは？　どう……？」

「や、ぁ……そこ、は……大丈夫、です……っ。だ、めぇ……そんなに、しちゃ……」

ここを攻めると気持ちよくなることを知っているから、やめない。快感に翻弄《ほんろう》される菜々を見ていると、俺も一緒に高まってきた。

「どうしたの、ここ、膨《ふく》れてきたけど……痛いのか？」

「や……っぁ、ああ、……っ、あん、あぁ……！」

快感でビクビクと体を震わせている菜々に、たまらない気持ちになる。もう発情デーはとっくに終わっているはずなのに、欲情が止まらない。

「ここは？　奥のほうは痛くない？」

「……あぁん！　中……も、大丈夫……なのに……っ、ああっ！」

涙を浮かべてよがる菜々の中に指を挿入し、蹂躙《じゅうりん》するように動かす。とろとろになっている中は俺の指を悦《よろこ》び、締めつけて放さない。

「桐谷さ……っ、あぁ、もう……やだぁ……」

「本当に嫌？　俺にこうされるの、嫌だったらやめるけど」

指戯をしながら、そんなことを問う。

どう答えたらいいのだろう、と悩んでいる菜々もすごく可愛い。

わざと困らせる質問をしていじめている俺って性格悪いな……けど、菜々が可愛すぎるからついつい意地悪したくなるんだ。

その困っている様子が、すごくそそる。

「ヤ、じゃ……ない」

「ほんとか？」

恥ずかしそうに頷く仕草を見て、俺は口元を上げて笑う。

――ああ、くそ。可愛すぎる……。このままじゃ、菜々から抜け出せなくなりそうだ。

俺しか知らない菜々は、俺の望むことに従順に応《こた》え、俺だけを欲する。そうなって欲しいと望んだのは、俺だ。

「菜々、どうしてもらいたいんだ？」

よね。このまま指だけでいい？」

「薬を塗ってあげようと思っただけなのに……菜々のここ、俺のことを欲しそうなんだ

挿入したいと強く願っているのは俺のほうだ。けれど菜々に欲しいと言われたいから、こんな誘導尋問みたいな真似をしている。

「え……？」

——何をしても、菜々に欲しいと言われたい。

どうしようもないほどの、とろとろの顔で欲しがられたい。

「や……」

「え？　どうしたの……？　聞こえなかった」

「やだ……入れて、ほしい……」

「入れていいの？　痛くない？」

「痛くない……から、桐谷さんの、……入れて」

愛欲に溺れながらそう口にした菜々の魅力が想像以上で、俺は少し動揺した。

——もう止まれない……かも。

一瞬もコントロールできないかもしれない。もともとコントロール不能状態だったのに、それに拍車がかかっている。

でも、それでもいい。

目の前の菜々に夢中のままでいたい。

「あん……っ！　桐谷さ……ん……っ」

猛《たけ》ったものを彼女の中に埋《うず》めていく。保湿剤で濃厚な潤《うるお》いを得ているそこは、いつもより絡《から》みつき、俺を包み込んだ。

「――っ、は、ぁ……。菜々の中……熱い」

「あんっ、ぁ……気持ちいい……っ」

俺にしがみついて感じている彼女を強く抱き締め、激しく腰を打ちつける。

「俺も。菜々の中……すごく気持ちいい。……はぁ」

思わず吐息が漏れた。

俺の形に馴染《なじ》んだそこは、俺を強く締めつけて悦《よろこ》ぶ。動くたびに蜜のいやらしい音が立って、俺たちの動きをスムーズにしてくれた。

「桐谷さん……っ、あん……ぁ……」

俺の首に手を回してキスをねだる菜々が、とてつもなく可愛い。その姿を見ていると、胸がぎゅっと詰まるような感覚がして、抱き締めずにはいられなかった。

深く繋がっていたものをゆっくりと、もう抜けてしまうのではないかというほどまで抜くと、菜々の腰がくねる。

「……んっ、ふ……ぁ……。あんっ……」

そんなに素直に求めてくれるなど思っていなかったので、菜々の言葉に驚いてしまった。彼女は俺に抱き着いて、離れないでほしいと訴える。

「や……。抜か、ないで……」

「もっと、きて。桐谷さん……」

そんなことを言われたら、ただでさえなくなっている理性が――

俺の中の欲望に火がついて、冷静な気持ちが消えていく。

傷つけたくないと思っていたはずなのに、ガツガツと貫《つらぬ》くように最奥を突いた。一番奥に届くたび、菜々の胸が大きく揺れる。

細い腕を掴《つか》んで俺に引き寄せながら、俺は何度も激しく突き上げた。

「は……っ、ぁ……あぁっ、あんっ！　桐谷さん……ああんっ」

「菜々……」

菜々の中に出したい。

本能のまま腰を振りながら、俺はますます欲情していった。

「あぁっ……桐谷、さん……も、だめ……っ、おかしく、なりそ……っ」

「いいよ、おかしくなっても。もっとシてやる」

「ああんっ、あ、あぁ……っ、壊れちゃう……！」

菜々のこと好きだから大事にしなきゃいけないと思っているのと同じくらい、壊したい。それほど愛している。俺とのセックスに溺れて、俺がいなくなったら生きていけなくなればいいのにと願っている。

声が出ないほど感じて涙を零《こぼ》す菜々を見ながら、俺も一緒に昇っていった。

「菜々……出すぞ」

「……うん、きて……。桐谷さん」

一緒に絶頂へ駆け上がる。一心不乱に腰を振って、俺たちは繋がったまま快感のその先へ昇りつめた。

——菜々、好きだ。

菜々じゃないと嫌だ。

菜々の全部が欲しい。

俺を愛してほしい。

そんな欲ばかり先走り、気持ちを伝えられていないことにイラだつ。

このままじゃいけない。

今までのことをなかったことにはできないけれど、これからはちゃんと誠意をみせよう。本気で菜々のことが好きだとわかってもらえるように努めよう。

体質が変わってしまうほど、菜々が好きだ。

菜々が大事だから――

数週間後。

――今日の伊藤さんは、いつもと違って元気がなかった。

様子がおかしいことに気がつき、どうしたんだろうと不安になったときには、彼女はもうすでに帰ってしまっていた。

いつも一緒に帰っているのに、先に帰ってしまうなんて、何かあったに違いない。

体調を心配しながら帰宅すると、彼女はもうすでに部屋に入ってしまっており、顔を見ることができなかった。

俺たちは一緒に住み始めるとき、いくつかルールを決めている。

その一つが、お互いの部屋に入らないというものだ。

しかし一線を越えて以来、そのルールは曖昧《あいまい》になっていたし、そもそも自分の部屋にこもるなんてことはしていなかった。いつもリビングで一緒に過ごしているし、彼女は俺のベッドで眠る。

ところが今日の伊藤さんは自分の部屋にこもっている。どうしても気になり、俺は彼女の部屋の扉の前でソワソワしていた。

――どうしようか、行かないほうがいい？

何かあったのか？　それとも体調が悪い？

いつも一緒に帰っていたというのに、先に帰ってしまうなんて……俺、何かした？

何か落ち込むようなことがあって、誰とも話したくない日なのかもしれないとは思うものの、放っておけない……

ああでもない、こうでもないと悩みぬいた末、やはり彼女の部屋に入ることにした。

どんな様子か見たら、すぐに戻ればいい。一目見るだけだ……。それだけなら、いいよな？

勇気を振り絞ってドアをノックすると、すぐに返事が返ってきた。

入っていいか悩みながら部屋の中をのぞくと、ソファの上で三角座りをしている伊藤さんを見つける。

しゅんと肩を落とし、元気のなさそうな彼女がそこにいた。

「どうしたの？　なんだか今日は、元気がないみたいだけど」

そう声をかけるとなんでもないと返されてしまい、会話が続かない。でも明らかに元気がないし、いつもの彼女じゃないことは確かだ。

話したくなさそうな雰囲気を察し、しつこくしないでおこうと判断した。

俺に話せないような何かがあったに違いない。

本当は悩みを知って助けになりたいところだが、そっとしておいてあげるのも優しさだ。言いたくなったら、きっと話してくれるだろう。

彼女の顔を見られたことだし、何かしてほしいことがないかだけ聞いて、俺は退散しようとする。だが——

「何か欲しいものはないか？」と問いかけると、伊藤さんは「桐谷さんが、欲しいです」と返した。

その言葉に耳を疑う。

まさか、伊藤さんからそんなことを言ってもらえるなんて……信じられない。

——俺が欲しい？　どういう意味で？

心臓がバクバクと大きな音を立てる。期待しそうになる自分に、そういう意味じゃないだろ、と言い聞かせるけど、どうしても良い方に解釈しそうになった。

——菜々が俺のことを求めてる？

それは、体？　それとも、それ以上のこと……？

どっちだっていい。いや、うそだ。体以上であることを強く望むけれど、最悪、今は体だけでいい。

菜々が俺を必要としてくれていることが嬉しくて、柄にもなく舞い上がっている。でもそれを態度に出すわけにはいかない。クールを装《よそお》って大人の余裕を見せようとカッコつけた。

本当はめちゃくちゃ嬉しい。だめだ、顔がにやける……

「菜々は、本当に可愛いな」

可愛すぎて、ほんとどうにかなってしまいそうなほど、可愛い。可愛いと一日中言い続けられるくらい可愛い。

「そんなこと……ない、です」

「そんなことあるよ。ほら、もっとこっちおいで」

菜々の華奢《きゃしゃ》な体を引き寄せて、ぎゅっと胸の中に収める。触り心地のいいモコモコの部屋着を着ている菜々の抱き心地は最高で、俺の中の欲情が高まっていく。

「セックスしたいの？」

「……はい」

湯気を出しそうなほど顔を真っ赤にして頷いてくれたので、俺はわしゃわしゃと彼女の頭を撫《な》でて、髪にキスをした。

「いいよ。嫌なこと全部忘れるような激しいやつ、しよう」

菜々と始まると、ほんとヤバい。

頭の中が真っ白になって、本能剥《む》き出《だ》しの無我夢中になってしまう。

俺って、もっと淡泊で……どちらかというと、こういうことに興味がなかったはずなんだけどな。

下品なほど舐《な》め回し、菜々が涙を零《こぼ》すまで執拗《しつよう》に攻めたて、いやらしい言葉ばかり並べる。

菜々の部屋の中、ベッドにも行かずソファの上で、服を着たまま繋がった。

「あっ、あぁっ……あん……！」

「はぁ……もっと腰上げろ。挿入《はい》ってるとこ、見えないだろ」

ぐぽ、じゅぽ、と今まで聞いたことのないような淫猥《いんわい》な音をわざと立てながら、屹立《きつりつ》を抜き差しする。

「ひゃ……ぁ、んっ……あぅ……あっ、あんっ……！」

「菜々の全部丸見え。後ろの穴まで見えてる」

「やん……っ、そんな、とこ……見ないでぇ……っ。やだ……ぁ」

尻肉をぐいっと広げると、結合しているところも、その傍《そば》にある後孔も全部見えた。触れていないそこも、俺を受け入れている場所も、ひくひくと震えている。

「俺のコレが、好きなんだろ？　菜々のここは」

膨《ふく》れ上がった剛直を狭い蜜口に何度も押し込むと、そのたびに蜜が溢《あふ》れて俺の肌まで濡らしていった。

「好き……。桐谷さん……あっ、んぅ……！　好きぃ……っ」

——好きとか言うなよ。本当に抑えられなくなる。

俺のことが好きなのだと思いたくなる。

けれど本当は、俺に言わされているのだ。

俺がこういうことを言うように教え込んだだけ。だから言ってくれているんだよな。

わかってるのに、興奮が収まらない。

「じゃあ、もっと奥まで入れてやるよ。菜々の好きな、コレを」

「あぁんっ！」

菜々をソファに押しつけるような体勢にして、俺は上からがつがつと突き上げた。動物が交尾しているみたいな格好で、好きな女性を支配していく。

こんなのはダメだ。菜々を、もっと大事にしたいのに。

――やめろ、もうこの辺でやめなくては。

頭の中ではそう何度も思うのに、丸みを帯びたお尻の形とくびれた腰のラインを見て、欲情が止まらなくなった。

――菜々のこと、壊したい。

「――く、……菜々……っ」

「あん……ぁ、も……だめぇ、イク……っ、桐谷さ……ん、イッちゃう……」

泣きそうになっている菜々を見て、俺はどんどん昇りつめていった。

「俺にキスしながら、イカせてくださいっておねだりしろよ」

無茶ぶりをしたのに、菜々は従順に従う。体を捻《ひね》ってこちらに顔を向けると、とろとろの蕩けた顔で俺に向かって口を開く。

「桐谷さん……お願い、イカせて。私……気持ちよくて、死んじゃいそうなの……」

涙を浮かべながらそんなことを言う菜々を見て、俺の意識はそこでプツンと途絶えた。


——あれ？

ふと目を覚ますと、いつもの俺の部屋の天井についている照明と違った。どこだかわからず、焦《あせ》る。

がばっと体を起こすと、ピンク色のベッドカバーで整えられたシングルベッドの上にいることに気がつく。

ここは伊藤さんの部屋だ。全然知らない場所じゃなくてホッとするけれど、つい先程までの記憶がなくてますます慌てる。

「え……っ、寝てた？」

伊藤さんとセックスしている途中で、意識が飛んだ。最後のほうが全然思い出せなくて、どうなったんだろうと考えるけれど何も出てこない。

——うそだろ。これはマズい。

横を見ると、伊藤さんがすやすやと寝息を立てて眠っているのが見えた。

寝てる……んだよな？

何か酷《ひど》いこととかしなかったのだろうか？

というか、途中で記憶がなくなって、何をしたかわからないなんて、あり得ない。

こんな男、危険すぎる。

彼女を大事にしたいのに、このままじゃ傷つけてしまうかもしれない。

いつか見境を失《な》くして、彼女を壊すだろう。

本当は体だけの関係じゃなくて、ちゃんと付き合いたいのだ。こんな欲望のまま抱くんじゃなくて、愛のあるセックスをしたい。

――このままじゃいけない。

「ん……」

俺が決意をかためていると、伊藤さんが目を覚ました。ゆっくりと目を開いて、俺のほうを見る。

「ごめんなさい、寝てしまいました。桐谷さんは、大丈夫ですか？」

「うん、大丈夫」

なんでそんなに優しいんだよ。こんな酷《ひど》い男に、どこまで優しいんだ。

優しくしてもらえばもらうほど、そんなふうにしてもらう資格なんてないと思ってしまう。

だから余計に、ちゃんとしないと。

「……あのさ」

「はい」

「もう、こういうの、やめにしよう」

ちゃんとけじめをつけよう。俺たちの関係をリセットするために。

俺は巽が考案してくれた体質改善プログラムを受けることに決めた。数日間に及ぶ集中的な治療で、暴走する性欲をコントロールするというものだ。

今は治療に専念しよう。伊藤さんの傍《そば》にいればすぐに発情してしまうことはもうわかっている。数日間離れるのは辛いが、致し方ない。

ちゃんと治して、普通の男に戻るんだ。

そして今度こそ、伊藤さんに想いを伝える。もう逃げない。

俺は心に誓った。

9

ビジネスホテルの部屋で私は桐谷さんの話を聞くことになった。

部屋はシングルタイプなので、いたってシンプルだ。

小さなシングルベッドがあり、その前に鏡台がある。駅前なのでカーテンを開けると、すぐ近くに線路が見えて電車が走っているのを眺められた。

高級なホテルでもないし、甘いムードやロマンチックさはないのだけど、この部屋の中に桐谷さんがいると思うと、胸がうるさいくらい鳴ってしまう。

「疲れているところに、急に押しかけてごめん。伊藤さんが出張から帰ってくるまで待っていられなくて」

私に会いにここまで追いかけて来てくれた。

そう聞いて、嬉しさで顔が緩《ゆる》みそうになる。

「自分をちゃんとしてから、会いたかったんだ。体だけの関係をやめて、リセットした状態できちんと向き合いたくて」

「……はい」

「数日間家にいなかったのは、発情体質を治すプログラムを受けていたからだ」

「そうだったんですね」

てっきり私との関係を断ち切り、彼女のもとへ行ったのだと思い込んでいた。

そう言うと、桐谷さんは私に体質改善プログラムと書かれた用紙を見せてくれた。

「なかなかハードなプログラムですね。食事制限、体質改善薬膳、座禅、運動療法それからリハビリ……。なんだか大病で入院したみたいな生活」

「俺の専属医の巽が考案してくれたもので、それなりに効果があるだろうって。おかげでちょっと体がすっきりして、以前みたいに急に発情することはない……ような気がする」

「よかったですね」

祝福したものの、発情しなくなったら、私のことなんて相手にしないかもしれないという不安がよぎる。

治ってほしいけど、治ってほしくないような。

複雑な感情が渦巻《うずま》いて、心底喜べない私がいる。

「実は今まで、伊藤さんと二人きりになったら、すぐに発情が始まっていた。一緒に住むようになったことで余計に酷《ひど》くなって、毎日抱きたい衝動に駆られていたんだ」

私以外の人がいれば抑制できるのだけど、誰もいない空間で二人きりになるとどうしても暴走してしまい、それが彼の悩みだったそうだ。食事や飲みに誘われても、みんながいたのはそのせいもあるみたい。

「今日は手を出したりしないから、安心して」

「はい」

ベッドの近くにある小さなテーブルと椅子のセット。その簡素な椅子に座り、私たちは話をしている。二人とも緊張しているため少しの沈黙を含みながら、ゆっくりと言葉を繋いでいった。

「俺の体のこと……ちゃんと話していなかったよね。伊藤さんといると発情が始まることが多くて、話をすることができなかったし」

桐谷さんが発情体質だとは聞いていたけれど、その深い内容までは聞いていなかった。それについて深く追及していいものかもわからなかったので、私も聞かないままここまできていたのだ。

まずはその話をしよう、と桐谷さんが切り出す。

「俺が発情体質なのは、話したよね」

「はい」

「それが始まったのは三年前の春。……伊藤さんが入社してきたあとから始まった。初めて君を見たときは、可愛い子が入ってきたなくらいにしか思っていなかった。けれど、一緒に過ごすうちに、自分がいつも伊藤さんのことばかり気にしていることに気がついた――」

新人ということで、慣れていない私は、毎日右往左往していた。そんなとき、よく助けてくれたのが上司である桐谷さんだ。

些細《ささい》なことまで優しく教えてくれたのを、今でも覚えている。

そんなふうに信頼関係を築きながら今に至り、私は桐谷さんに忠誠を誓い、与えられた仕事を確実にこなして期待に応《こた》えるために全力を尽くす部下になったのだ。

「——俺はいつの間にか伊藤さんのことが好きになっていた」

「ええっ⁉」

——今、桐谷さん、私のことを好きって言った？

「す、好きって……今、言いました？」

「うん。俺、ずっと伊藤さんのことが好きだったんだ」

——うそ……！　信じられない。桐谷さんが私のことを好きになっていてくれたなんて。

今までの不安や悩みがどこかに飛んでいきそうなくらい、一瞬で舞い上がってしまう。

「自覚したあとからは、本当に大変で……。好きだという気持ちが出てしまいそうで、でも部下一人だけ特別扱いするわけにはいかないと自分に言い聞かせてた。ところが伊藤さんへの気持ちは大きくなっていくし、それを必死で抑えていたら……ある日俺は発情体質になってしまったんだ」

「えっ、私がきっかけだったんですか⁉」

「伊藤さんが悪いわけじゃないんだ。俺が気持ちを溜め込んでコントロールできなくなったのが悪い……」

「いやいやいや……。私のせいだなんて、申し訳ない気持ちでいっぱいです」

桐谷さんを悩ませている発情体質が、まさか私のせいだったなんて。いくら謝っても足りない。

「本当に違うんだ。自分からこんなに人を好きになったことがなかったから……免疫《めんえき》がなかったんだろうな。伊藤さんのことが好きなのに、無理矢理感情を抑えているうちに暴走した感じなのかな？　いい年して拗《こじ》らせすぎだよな」

自嘲《じちょう》するように話す桐谷さんは、困った表情で俯《うつむ》いた。

けれどすぐに顔を上げる。

「伊藤さん。俺はずっと前から、君のことが好きなんだ。体質が変わって我を忘れてしまうほど、君に惚《ほ》れてる」

桐谷さんはまっすぐに私を見つめ、好きだと告白した。

彼を好きになって、一年。

こんな日が来たらいいなぁ、と勝手に妄想したことはあったけれど、まさか現実になるなんて予想もしていなかった。

私が桐谷さんを好きだと自覚したのは一年前だから、桐谷さんはそれよりも前から私のことを好きでいてくれたことになる……嬉しすぎだ。

あんなド新人のときから好意を持っていてくれただなんて、胸がいっぱいになった。

——夢じゃない？

でも、目の前にいる桐谷さんは、現実だ。

「本当はもっと早く告白しようと思っていたんだ。だけど、発情体質になってしまったことで、自分を曝《さら》け出す勇気がなくなった。君に迷惑をかけるだけだし、そもそもこんな男は願い下げだろうって……」

そんなことでますます想いは募《つの》るし、抑圧しなければならないし——で悪循環が生まれ、発情体質は治る気配がない。むしろエスカレートして桐谷さんを悩ませていったそうだ。

「けど、伊藤さんのマンションが火事になって住むところがなくなって……これは絶好のチャンスだと思って、一緒に住もうと誘わずにはいられなかった。その上、俺は理性を失い告白する前に手を出すし、君のことを考えずに初めてを奪ってしまった。本当に申し訳ない。伊藤さんのことを好きなら、ちゃんと順序だてて事を進めるべきだったのに」

「そんなことは——」

「いや、こんな最低な俺を変えなければ、伊藤さんに好きになってもらう資格なんてない」

そんなこと言わないで。私はどんな桐谷さんでも好き。

部下に手を出してはいけないと思い詰めてしまう誠実なところも、体質が変わり発情してしまうところも、全部好きなの。

「けど、もう我慢しないって決めたんだ。好きだという気持ちを抑えない。だからセフレみたいな関係をやめて、一から始めてくれないか？　いきなり上司と部下以上のことは望まないから、ゆっくりと俺のことを知っていってほしい。同居は解消してくれていいが、もし伊藤さんの気が向いたらたまに一緒に食事に行ってくれると嬉しい。普通の男女みたいに、ちょっとずつ俺を知って……合わないと思ったら振ってくれていいから」

あの日、『もう、こういうのやめにしよう』と言われた私は、桐谷さんに本命の彼女ができたんだと考えた。

けれど、そうじゃなくて、一度関係をリセットして私と向き合おうとしてくれてのことだったのだと知る。

でも……でもね。私――

「――私、一から始める気はありません」

「え……？」

「だってもう桐谷さんのこと、たくさん知っています。優しくて、思いやりがあって、料理上手なところや、掃除が得意なところ。実は洗濯物を畳むのが苦手でしょ、戸締りはいつもどこかの窓の鍵をかけ忘れていますよね」

「そう……だっけ？」

「そうです」

一緒に住まないとわからなかった彼の癖。会社の人たちは、きっとこんな彼は知らないだろう。

知っているのは、きっと私だけ。

「それ以外にもたくさん。こんなに知っているのに、一から始めるなんて、じれったくて、私が我慢できなくなりそうです」

「そうなの……？」

ちょっと悲しそうな表情を浮かべる桐谷さんを見て、あぁ、可愛いなぁと思った。

私の言葉で一喜一憂しているところが愛《いと》おしい。

「私も、桐谷さんのことが好きです。だから……今すぐ彼女になりたいです」

ずっとずっと言いたかった言葉。

桐谷さんと住む前から、いつかはこうして気持ちを伝えたいと思っていた。

他の女の子たちと同じように玉砕してもいいから、いつか、告白したい、と。

それが思いがけず桐谷さんと住めることになって……距離が近くなっていくたびに欲張りになったせいか、いつの間にか言えなくなっていた。

この関係が壊れるくらいなら、隠したほうがいいと思って。

でも、もう気持ちを隠さなくてもいいんだ。お互いに全部見せ合って素直になれる。

「私も桐谷さんを好きな気持ちを隠していました。いつも限界だーって思うほど、苦しくてたまりませんでした。……さすがに発情体質にはなりませんでしたけど」

からかうように笑いかけたのに、桐谷さんはぱっと顔を上げた。

「本当に……？　本当に、俺のことが好き？」

「あれ……？」

冗談を言ったのに、全然伝わっていないほど、桐谷さんは私の告白に動揺している。いつもクールな彼が、こんなにとりみだすところを見たことがない。

「はい。本当です」

「でも、発情する――なんてわけのわからない体質だよ？　こんな男、気持ち悪くない？」

「気持ち悪くないです」

「三十すぎなのに絶倫だし、口は悪くなるし、下品になるし……こんな彼氏でもいいの？」

「いいです、そんな桐谷さんも全部好きです」

それだけは胸を張って言える。

私は桐谷さんが好き。どんなことがあっても受け入れられる。

「……あぁ、ヤバい」

突然、桐谷さんは俯《うつむ》いて頭を抱えた。その様子を見て、これは発情モードに入ってしまったのだと察する。そっと桐谷さんに近づくと、ガバッと抱きつかれた。

――予感的中、やっぱり！

「菜々ーっ、好きだ！」

――体質改善プログラムの意味ないじゃん！

そう内心でツッコミながらも、ぐりぐりと私のお腹に顔を押しつける桐谷さんにときめく。

――何これ！　すーっごく可愛い!!

「よしよし」

そんなことをしていいのかわからなかったけれど、桐谷さんの艶《つや》のある黒髪を私は優しく撫《な》でた。

「私も好きです。すっごく惚《ほ》れちゃってます」

「くそ……もう発情しないって決めたのに。なんでまた始まるんだよ」

チッ、と舌打ちする姿は、すっかりいつもの桐谷さんじゃなくなっている。それでも私を襲ってしまわないように、必死で堪《こら》えていた。

「今までみたいに乱暴に抱いたりしない。菜々のこと、大事にするって決めたんだ」

「……うん」

「だから今日は我慢する。次するときは、俺が冷静なときに――」

そんなこと気にしなくていいのに。

確かに桐谷さんが発情しているときは、少し余裕がなくて荒っぽい。でも私はそれを嫌だと感じたことはないし、そんな桐谷さんもいいなってドキドキしている。

それに……発情しているのは、桐谷さんだけじゃない。

私だって、桐谷さんを見て発情するときがあるんだから。

「……我慢、しなくていいですよ」

「……え？」

「どんな桐谷さんでも、大好きです。それに……今、私も桐谷さんと同じくらい発情しています」

そう言うと、桐谷さんは驚いた顔で私を見つめた。自然とお互いに顔を赤く染めて照れながら、抱き締め合う。

「これからも、今まで通り、いつでもお相手します」

「菜々……！」

桐谷さんの発情スイッチが完全に入った。部屋の中心にあるシングルベッドに私を押し倒す。そして彼は私の上に跨《また》がり、ネクタイに手をかけた。

「悪ィ。けど、今日は本気でめちゃくちゃにする」

ぐぐっとネクタイを緩《ゆる》める姿がセクシーで見惚れてしまう。彼はネクタイを外したあと、私を食べるみたいに覆いかぶさり、首元に甘くかぶりついた。

「菜々の匂い、本当にヤバい。この匂いだけで勃《た》つ」

「……っ、そう……なん、ですか？」

「ここ数日、菜々の匂いを嗅いでいなかったから……。はぁ……俺、すっげぇ興奮してる」

私の首元や耳のあたりを舐《な》め、匂いを嗅いで息を荒らげている桐谷さんは、まるで獰《どう》猛《もう》な動物のようだ。しなやかに私にすり寄ってくる。温かな舌が動くたびに、私の体が勝手に動いた。

「あ、う……。ぁ、ん……っ」

「菜々、キスしていい？」

「……うん」

初めてそんなことを聞かれた。驚いていると、目を閉じた桐谷さんが、ちゅっと軽いキスをしてくれる。

「菜々、好きだよ。こんな俺だけど……一生大事にするから」

「一生？」

「そうだ。一生菜々を放さない」

桐谷さんからそんなふうに言ってもらえるなんてすごく嬉しい。

すぐにぎゅっと抱き締められて、再び口づけを交わす。今度は長く唇を触れ合わせる、愛を確かめ合うようなキスだった。

「……ん、んっ……んぅ……」

何度も重ねている間に、だんだん濃厚な交わりに変わっていく。桐谷さんが舌で唇をなぞり、口の中へ入ってきた。そして中を掻き回す。

「……はぁ、ん……んん……！」

彼のキスは、いつも気持ちいい。こんなふうにキスをされていると、私はどんどん燃え上がって夢中になっていく。

「菜々のその顔、エロい。もっとしてほしそうな顔してる」

「もっとしてほしいの。桐谷さんのキス、気持ちいいもん」

頭がぼうっとして、目にも力が入らない。それでも必死に目の前の桐谷さんを熱く見つめて、離れないでほしいと願う。

「そういうこと言うなって。暴走しそうになるだろ。それでなくても、菜々に好きって言ってもらえて、いつもより興奮しているのに」

照れて目を逸《そ》らす桐谷さんの仕草が可愛くて、思わずふふっと笑ってしまった。

「暴走しても大丈夫ですよ」

「ダメ。菜々と付き合って初めてのセックスなんだから、優しくする」

ちょっと不貞腐《ふてくさ》れたみたいな顔をして、桐谷さんは再び私の首元に顔を埋《うず》めた。そしてそのまま肌にキスをしながら下へ向かう。

「……あっ！」

服の裾から手を忍ばせ、中の肌に触れてくる。彼の手はブラジャーを見つけると、カップをずらして胸を揉《も》んだ。

「……んっ、はぁ……ぁ、っ……」

「ここ……硬くなってる？」

「あっ！」

胸の頂《いただき》を見つけた指先が、くにくにとそこを執拗《しつよう》に撫《な》でる。何度も擦《こす》られているうちに、もっと触ってほしいという欲が溢《あふ》れ出して体が揺れた。

「菜々の乳首は、ほんとエロいよな。すぐに赤く染まる」

「や……ぁ、そんな、こと……」

「本当のことだろ？　……ほら」

「ああんっ」

ブラジャーのホックを外され、胸を鷲掴《わしづか》みにされる。大きな手で包み込まれたかと思うと、胸の先を指先で捏《こ》ね回された。

「やん……っ、両方、摘まないで……」

「ダメだ。菜々の反応が可愛いから、やめない」

両胸を揉《も》まれながら先端を転がされている。恥ずかしいから隠したいのに、彼の手に阻まれて隠せない。

「可愛いよ」

喘《あえ》いでばかりいる口をキスで塞《ふさ》がれる。

ここはビジネスホテルだから、壁が薄い。大きな声を出したら隣に聞こえてしまうかもしれないので、丁度よかった。

キスを終えた桐谷さんは私の胸元に顔を近づけると、ピンと張り詰めた胸の先を舌で転がし始める。

じゅるじゅると卑猥《ひわい》な音を立てながら、舐《な》めしゃぶられた。すると、すでに赤く染まっている胸の先がツンと勃《た》ち上がる。

「あ……っ、ぁ……。ん……ン……」

「もしかして、声を抑えてる？　隣に聞こえるんじゃないかって心配？」

桐谷さんに質問されて、私はこくこくと頷く。

だから静かにしましょう、と言いたいのに、桐谷さんは意地悪な笑みを浮かべて私を見つめた。

「そんなふうにされると、いじめたくなるな」

「あ……っ！」

もう一度、じゅるる、と卑猥《ひわい》な音を立てて舐《な》められた。そして柔く甘噛《あまが》みされる。どうしても声が漏れてしまう。出してはいけないと必死に堪《こら》えるのに抑えられない。

そうしているうちに、彼の手が腰のあたりを撫《な》で始め、あっという間に着ているものを取ってしまった。

「桐谷さん、っ……あぁ……」

「菜々……。俺のこと、名前で呼んでみて」

急にそんなことを言われる。

初めて呼ぶ名前に、私は緊張した。胸を高鳴らせながら口を開く。

「え、っと……貴之、さん」

「うん、もっと。それから、敬語もやめて。俺にもっと甘えて」

「貴之さん……あぁ、恥ずかしい……！」

「その照れ顔、可愛すぎる。菜々って、ほんとに……もう」

名前を呼んだだけなのに、すごく喜んでくれた。私もつられて嬉しくなる。貴之さんも着ている服を脱ぎ、私たちは裸で抱き締め合った。

「菜々……好きだよ。このままじゃ、もっともっと菜々のことを好きになってしまいそう」

――ほんとに？

私も貴之さんと一緒に過ごしているうちに、どんどん好きになっていく。彼なしじゃいられなくなるほど、好きでたまらない。

「だからもっと菜々も俺を好きになって」

「今でもかなり好きだよ。これ以上好きになったら、大変かもしれない……」

「大変でもいい。俺がいないとダメっていうほどになってほしい」

肌の触れ合っているところから、じんわり汗が滲《にじ》む。二人の体温が混ざり合って、全身に火照《ほて》りが広がっていった。

「……はぁ」

「どうしたの？」

「最近してなかったから、また体がおかしい。一度抜かないと、痛がらせてしまいそうだ」

貴之さんの言葉に、私は最初の夜を思い出す。

あのときは何もかも初めてで、されるがままになり、彼は胸に挟んで擦《こす》り、欲を放ったのだ。

「――俺、トイレに行ってくる」

「え……待って。そのままで大丈夫だよ？」

「ダメだ。すぐ出そうだし」

貴之さんがベッドから下りようとする。

「やだ、行かないで。私が……する、から」

「え⁉」

「ここにいて」

彼の腕をぐいっと引っ張って、仰向けに寝かせる。そして私は、貴之さんの脚《あし》と脚《あし》の間に体を滑り込ませた。

「待って、菜々。それは……」

慌てて体を起こそうとしている彼に構わず、痛そうなほど勃《た》ち上がった場所を手で握り、唇を寄せる。

「──あっ」

そこにキスをするたび、ピクンと反応してくれる。そっと舐《な》めると、貴之さんは力のない息を漏らした。

「だめ、だ……、菜々。そんなこと、しなくていいから……っ」

「大丈夫。いつも私を気持ちよくしようとしてくれるでしょ？　それと同じだよ」

「ぁ、──っ、だめだ。出そうになる……」

貴之さん自身の反応がすごく楽しい。私が刺激すると喜んでくれているみたいで、もっとしてあげたくなる。

「いいよ、出しても。全部受け止めるから」

「菜々……っ」

貴之さんが抵抗をやめた。私に身を任せることにしたようで、愛撫《あいぶ》しているところをじっと熱く見つめている。

「そんなに見ちゃ……やだ。恥ずかしいよ」

「だって菜々の口に俺のが入っていると思うと……すごく興奮する」

彼は口淫をしている私に手を伸ばして髪を撫《な》でると、その房をかき上げる。

羞恥《しゅうち》を感じるけど、それ以上に貴之さんへの愛撫《あいぶ》で私自身がすごく興奮してきた。

「……っ、はぁ……。ん……んん……」

「すごく上手だよ。はぁ……。……腰が、砕けそう」

悩ましげな声でそんなことを言われ、もっとしてあげたくなった。恥ずかしさも忘れて、私が夢中で舐《な》めていると、口の中のものがビクンと大きく震える。

「あ……、もう、そろそろ、口を離して」

そう言われたけれど、私は離さなかった。もっともっと気持ちよくしてあげたくて、そのまま続けていく。

追い詰めるように激しく攻めると、口内の彼がより一層膨《ふく》らんだ。

このまま、もう少し――

「菜々！　こら、離して。――っ」

貴之さんの感じている顔、すごく可愛い。

困ったような切ないような表情がたまらなくて止めることができなかった。

もっと。もっと――

私で感じて。私の中に出してもいいから。

けれど、貴之さんは私の顔を持ち上げた。

「はぁ、はぁ……危なかった」

貴之さんから放たれた白濁は、彼のお腹のあたりに飛び散っている。

「こら、どうしてこんなことをしたんだ。もう少しで菜々の口の中に出すところだったじゃないか」

「……出してもよかったのに」

むしろ出されたかった。だって貴之さんがあまりにも気持ちよさそうで、すごく嬉しかったし、もっともっと悦《よろこ》ばせたいって思ったのに。

「いつからそんなに積極的になったんだ。エロくて困る」

「貴之さんのせいだよ。いっぱいエッチなことをするから……」

彼がいろいろ教えたから、私はこんなふうにエッチになっちゃったんだ。

「そうか。じゃあ、俺が責任持って面倒見なきゃな」

「うん」

「いろいろしてもらったお返しに、菜々の一番好きなやつしてやる」

貴之さんの声のトーンが、より低くなった。

「俺のほうにお尻を向けて」

「うん」

言われたとおりに四《よ》つん這《ば》いになってお尻を向けると、貴之さんは私のお尻を掴《つか》んでぐっと広げる。

「中、とろとろじゃないか。もう垂れてきそうなほど濡れてる」

閉じていた割れ目から、くちゅっと蜜の音が鳴った。

そこはすでに充分すぎるほど濡れていて、触ってもらえるのを今か今かと待っている。

「菜々の、丸見えだ。こんなに全部、晒《さら》して……本当にエッチだな」

「恥ずかし……から、言わないで……」

「菜々は恥ずかしいと燃えるんだよな？　……ほら、ここ。ヒクヒクしてる」

触ってほしい場所には触れてもらえず、彼は秘部をかすめるみたいになぞった。

「や……ぁっ……貴之さん……」

「こんなんじゃ満足できないよな？　もっと触ってほしい？」

「うん……触って、ほしい……」

素直におねだりすると、彼の太い指先が私の媚肉を裂くように動く。入り口で充分に蜜を絡《から》ませて、ゆっくりと奥へ挿入された。

「あぁ……っ！　あう……」

体を支えていた手が力尽きて、お尻を突き上げた状態になる。恥ずかしい格好だが、そんなことを考えられないくらい気持ちいい。

「中までぐちゃぐちゃ。そんなにしてほしかったんだ？」

「……うん。貴之さんにしてほしかった」

「素直で可愛いな。もっといっぱい気持ちよくしてやる」

「あ、あ……っ、はぁ……、ぁ、あんっ、あぁ……！」

指の動きが激しくなった。お腹の奥が熱くて、気持ちよくて、おかしくなってしまいそう。

さっきまで声を抑えなきゃと考えていたはずなのに、もうどうでもいい。

「ぁ……っ、あぁ、激し……ッ、あぁ、貴之、さ……っ」

「すっごい音。聞こえてる？　めちゃくちゃ溢《あふ》れてるよ」

聞いたことがないほど激しい水音が鳴っている。自分の奥から何か出てきそうだ。頭の中は霞《かす》んで何も考えられず、私は彼に導かれるまま身を預けた。

「あ、ぁ……っ！　何か、出そう……っ、だめぇ……」

目の前が真っ白だ。お腹から何かが噴き出していく。

飛び散った蜜は、彼の腕まで濡らしているようだ。けれど、達したばかりの蜜口から指は抜いてもらえず、まだゆるゆると中を刺激されている。

「もう、やだ……。恥ずかしい」

我に返る私を気にすることなく、貴之さんはお尻を揉《も》んでくる。その手つきがすごくいやらしくて、またすぐに感じ始めてしまった。

「あ……っ、ん……ぁ、あぁ……」

「そろそろ挿《い》れてもいい？　また我慢できなくなってきた」

先程達したので、しばらくは落ち着いているだろうと思っていたのに、彼のものは大きく勃《た》ち上がっている。

「菜々。そのままお尻、突き出していて」

「……あぁっ！」

彼の屹立《きつりつ》が入ってきて、衝撃に呼吸を忘れた。

繋がるこの瞬間がたまらなく好き。欠けていたピースが嵌《は》まるみたいに、私の中に彼がぴったりと入ってくる。

ぐぐっと奥までねじ込まれると、貴之さんの甘い吐息が聞こえてきた。

その瞬間「あぁ、私の中に貴之さんがいるんだ」と実感する。

私の体を少しでも彼が感じてくれたら嬉しい。

「菜々の中、すごく気持ちいい。熱くて、きつくて……またすぐにイキそうになる」

お尻を突き出している状態だから、きっと繋がっているところは彼から丸見えなはず。

そんな想像に、見つめられているだけで感じてしまう蜜口が、勝手に動いて彼を締めつけた。

「動いてないのに、菜々のここは、勝手に締まるんだな」

「や、ぁ……っ、そんな……」

「ほら。また締めつけてくる。そんなに動いてほしい？」

なかなか動いてもらえなくて、すごくじれったい。私の中を圧迫している屹立《きつりつ》で、今すぐ中を掻き回してほしいのに。

「ねぇ、菜々。見ていてあげるから、自分で動いてみて？」

「え……？」

「俺のこと、どれくらい欲しいか、見せて」

――貴之さんのこと、大好き。

何も考えられなくなった頭を必死にめぐらせる。……私は彼に求められることに、全部応《こた》えたい。

貴之さんをどれだけ欲しいと思っているか、彼に知ってもらいたかった。

「うん……見てて」

私はゆっくりと体を動かして、二人の距離を変える。いつものピストンみたいに激しくはできないけれど、根本まで彼を包み込む。

「……っ、はぁ……貴之さん……」

「菜々……」

貴之さんの声が艶《つや》っぽい。感じてくれているのかな……？

もっと感じてほしくて、動きを速めた。

「ん……っ、あ、あぁ……。あん……っ、あぁ……！」

私の動きで肌がぶつかるたびに、いやらしい蜜音が鳴る。

「気持ちい……っ、あぁん……っ。貴之さん……好き――」

「たまらないな。菜々、本当に可愛い。俺も好きだよ」

不意に背後から抱き締められて、耳元で囁《ささや》かれる。その低い声にゾクゾクと感じていると、頬にキスをされた。

「じゃあ、今度は俺の番」

「ふぇ……？」

腰を掴《つか》まれ体勢を整えると、彼の腰が動き始める。私の拙《つたな》い動きとは全然違う激しい律動。快感の大きさが比にならないほど違う。

「あ……待っ……！　激し……あぁっ、あんっ。……ん、んん……」

「……菜々が俺だけのものだなんて、すごく興奮する。菜々のココは、俺だけのものになったってことだよな？」

がつがつと突き上げながら、貴之さんは私に質問する。

「そうだよ。……あぁんっ、貴之さんの、もの……だよ」

そう答えると、彼は私の頭に頬を寄せて髪にキスをした。

「菜々、こっち向いて」

「うん」

繋がったまま体をひねらせ顔を彼のほうに向けると、唇を奪われた。その状態で激しく突き上げられる。

「ん、んん……っ、ん、ん――！」

激しく舌を絡《から》ませると、二人の唇から唾液が零《こぼ》れる。

上も下も貴之さんでいっぱいだ。息が上手くできなくて苦しいけれど、その苦しささえも気持ちいい。

「あ、ん……っ、んんーっ。あ、ぁ……も……だめぇ……っ」

激しく揺さぶられて、唇が離れてしまった。大きな愉悦《ゆえつ》に包み込まれて、どこかに飛ばされそうになる。

「壊れちゃう……っ、貴之さ……んっ、もう、あぁ……っ！」

私は導かれるまま絶頂へ向かった。ビクビクッと中が大きく痙攣《けいれん》して、彼のものを強く締めつける。

「はぁ……はぁ……」

「イッたんだ？　可愛いなぁ」

「貴之さん、が……激しく……するから……」

恨めしく思いながら彼を見ると、上機嫌な貴之さんは私の頭を撫《な》でてくれた。そして敏感なままの私の体を支えてベッドの上に寝かせる。

「本当はさ、今日は後ろからするとか、やめておこうと思っていたんだ」

「そうなの……？」

「付き合って初めてのセックスだから、もっとこう……ロマンチックな感じがいいかなって」

だけど発情してしまった私たちはいつもどおり荒々しくしてしまい……ロマンチックどころか、本能剥《む》き出《だ》しな様相。

「今からちゃんとする！」

「……宣言しちゃうんだ？」

「そう。今からはロマンチックに」

私たちは、お互いの額《ひたい》をくっつけて微笑《ほほえ》み合った。そして見つめ合い、再び甘いキスをする。

「好きだよ」

「……私も」

「菜々とずっと一緒にいたい。これからもずっと」

「うん、私も同じ気持ちだよ」

どんなことがあっても、貴之さんとなら乗り越えていける気がする。仕事上の貴之さんも知っているし、プライベートの貴之さんも知っている。

いろいろな彼を知って、もっと好きになっていっている。この気持ちはきっと、ずっと変わらない。

「何度も聞いてしまうけど……俺の発情体質って、まだ治っていないだろ。それでも本当にいいの？　迷惑じゃないか？」

「全然。そんなこと、気にしてない。一生懸命相手するから、他の人とエッチしないでね」

「菜々……っ！」

ガバッと抱きつかれる。

「絶対しない。菜々にしか欲情しない」

「ほんと……？」

「本当。だから……菜々。いっぱいしような」

いっぱいってどれくらいだろう……。ドキドキしつつ、私は頷いた。

再び一つに繋がった私たちは、キスをしながら奥深くまで交わっていく。

さっきまでの激しい感じではなく、穏やかで温かな時間が流れた。何度も好きだと囁《ささや》かれて、甘い時間に溺れていく。

「菜々……好きだよ」

「……んっ、ぁ……っ、あん、あぁ……」

ゆっくり動いてくれているのに、すごく情熱的だ。慈《いつく》しみ合うような口づけを交わし、これ以上ないくらい近くに貴之さんを感じた。

あぁ、私、愛されているんだなとわかり、自然と涙が零《こぼ》れていく。

「……どうしたの、痛かった？」

「ううん。すごく……嬉しくて」

「え？」

「今まで貴之さんと何度もエッチしてきたけど、私、愛されていたんだなって感じたら、感動しちゃった」

強引にされるのも好きだし、貴之さんにされることならなんだって嬉しいけれど、こんなふうに好きって言ってもらえて、甘やかされて、愛されて。

こんなに幸せな時間は味わったことがない。

「そんなことを言われたら、もっと泣かせたくなる」

「もう……！」

向かい合って愛を囁《ささや》き合いながら、私たちは再びクライマックスへと向かっていく。

大きく脚《あし》を開かされ、彼の腰が近くなったり遠くなったりを繰り返した。

深いところで彼を感じて、高まる。

「菜々……愛してる」

「うん、ぁ……っ、あぁ……っ、あん、あぁっ！」

キスをして手を繋ぎ、想いをぶつけ合った。

壊れてもいいと思う。貴之さんになら壊されてもいい。

何も考えられなくなるほど夢中で情熱的な交わりに酔いしれた。

「あ、もう……だめ……っ、イッちゃう——。あぁっ、貴之さん……！」

「菜々、出すよ。……っ、——」

嵐のような時間がくる。

どこからが私の体で、どこからが貴之さんの体かわからないほどの繋がり。とても幸せで……私は今までにないほど満たされた。

エピローグ

都内にある大企業が集まるオフィス街。その中にあるオフィスビルの上階にある、酒造メーカー株式会社FRESH & EXCITING。そのオフィスフロアの中にあるブランド戦略部では、今日もパソコンのキーボードを叩く音が鳴り、忙しく社員たちが仕事をしている。

「……はい、ブランド戦略部、伊藤です」

デスクの内線が鳴ったので、私は受話器を上げた。外部からの電話だ。今度Punchとコラボをする企業の担当者から、その詳細の問い合わせだった。

「承知いたしました。こちら上席に確認して、折り返し連絡を入れさせていただきますね」

『よろしくお願いします』

私では決めかねる案件について聞かれたので、一旦電話を切る。そして私の上司である、貴之さんのデスクへ向かった。

「桐谷さん、今お話ししても大丈夫でしょうか？」

「うん、いいよ」

取引先からのメールをチェックしていた手を止め、貴之さんが私の話に耳を傾ける。

「――という内容の問い合わせが先方から来ています。どのように返答いたしましょうか」

「そうだな。伊藤さんが最初に考えていたプランでいってくれていいよ。任せる」

「いいんですか？」

「うん。伊藤さんなら大丈夫だろ？」

「ありがとうございます！」

貴之さんは、相変わらず頼りになる上司で惚《ほ》れ惚《ぼ》れしてしまう。任せるところは任せ何かあったら俺が責任を取るというスタンスで、部下を信頼してくれるのだ。

その包容力があるからこそ、私たちは頑張って期待に応《こた》えようとするし、上を目指して頑張れる。

他の部署の人たちからも「桐谷さんが上司でいいなぁ」と羨《うらや》ましがられることが多くて、自分が褒められているわけじゃないのに、鼻が高くなるのだ。

だってこんなステキな上司である桐谷貴之さんは、私の彼氏！

同じ部署の上司と部下だから、周りに気づかれたら、彼に迷惑がかかるかもしれない。

そんなわけで、秘密の関係だ。

鈴村さんにはバレているけど、彼は黙っていてくれた。

そして私にフラれたのだと公言し、諦めたと言ってくれた。おかげで私と鈴村さんの噂はフェードアウトしている。

彼にはもう新しい彼女ができたみたいで、なんだか幸せそう。彼女はうちの会社の総務課の人で、白昼堂々社内でラブラブしている。

幸せそうで何より。私とのことはあの日きちんと決着がついたのだ。お互い幸せになれたらそれ以上のことはない。

用件が終わったので、自分のデスクに戻ろうと貴之さんに一礼すると、彼に呼び止められた。

「あ、待って。今日、仕事のあと空いてる？」

「え……っ？」

まさかそんなことを言われるなんて思ってもみなくて、私は周りに聞かれていないか急いで確認した。

幸い誰にも気がつかれていないみたいでホッとする。

「どうしたんですか、急に」

「どうしても伊藤さんを連れて行きたいところがあって」

――本当にどうしたのだろう。

予定が空いているかどうかなんて、聞かなくてもわかっているはずなのに。

私たちが仕事を終えて帰るのは、同じマンションだ。付き合い始めてからは私室もなくし、全て二人の空間になっている。

毎日一緒に過ごしているのだから、わざわざこんなふうに会社で誘わなくても大丈夫だ。

「桐谷さん……。誰かに聞かれたらどうするんですか？」

「いいよ、聞かれても」

二人の関係を内緒にしようと提案したのは私。

賛成してくれているものの、貴之さんはあまり隠す気がないみたい。他の女性社員たちには相変わらずの塩対応なのに私にはすごく優しいので、周囲からちょっと怪しまれ始めている。

「じゃあ、あとで。今日は残業なしだからな」

「……はい」

こうして私たちは、仕事終わりに出かけることになった。

終業時刻になり、私と貴之さんは会社から少し離れた場所で待ち合わせる。私が待ち合わせ場所に着くと、彼はもう来ていた。

「どこに行くの？」

「あんまり楽しい場所ではないんだけど」

――どこだろう？

思い当たる場所がない。案内されるがままついていくと、とあるクリニックに辿り着いた。

クリニックのドアを開けると、私の持っているお医者さまのイメージを覆《くつがえ》すような、爽《さわ》やか系のイケメンが現れたので驚いた。彼は巽啓介さんといって、貴之さんの学生時代の友人らしい。

「わぁ！　初めまして。君が伊藤菜々さん？」

「は……はい。初めまして……」

「おい、いきなりぐいぐい来るなよ。菜々が驚いているだろう」

「いいじゃないか。これが噂の桐谷の彼女かぁ～」

貴之さんが困ったような顔で私を見る。

「巽がどうしても菜々を連れてこいって言って……」

「桐谷が惚《ほ》れまくった女性を一目見ておきたかったんだよ」

二人の仲のよさそうなやり取りを見て、私は楽しい気持ちになった。貴之さんがお友達とどんなふうに接しているのか知らなかったが、新たな一面を見られて嬉しい。

しばらくして、私たちは、診察室へ通された。まだ新しいであろうクリニックは、清潔感に溢《あふ》れている。

その部屋で、貴之さんは改めて巽さんについて教えてくれた。

「体質が変わって悩んだときに、巽には相談に乗ってもらっていたんだ」

「そうそう。発情体質になったーって、顔面蒼白で俺のところにやってきたんだよ」

貴之さんの薬の処方を巽さんがしていたということだ。巽さんってすごい人なんだなと感心していると、思わぬ発言が出る。

「実は俺、菜々ちゃんと住むようになってからは、貴之にちゃんとした薬を出していなかったんだよね。きっとそのまま襲ったほうがいいと思ったから」

「……は⁉」

「だって――発情体質になってしまうほど、好きだったんだろ？　抑える必要ないんじゃないかなって」

「な、なんでお前がそれを知っている？　俺が菜々に惚《ほ》れているっていう話をしたのは最近じゃないか」

「ははは。隠していたつもりだったみたいだけど、ダダ漏れだったから。いつになったら俺に話してくれるんだろうーって待っていたんだ」

「嘘だろ、バレていたなんて……」

頭を抱える貴之さんを見て、私はくすっと笑ってしまう。

巽さんは桐谷さんが相談してきたときから、症状が出るようになったきっかけは、誰か好きな子ができて、それからタガが外れてしまったのだろうと推測していたらしい。

「なかなかのこじらせっぷりだったよな。こんな症例は稀《まれ》に違いないし、まとめて学会に発表するのもいいな」

「た〜つ〜み〜っ‼」

貴之さんは苦い顔をするけれど、私は別のことを考える。

——じゃあ、じゃあ、私と一緒にいるようになってからは、薬なしだったってこと？

道理で発情の頻度も高かったし、激しかったわけだ……と妙に納得した。

「まぁまぁ、怒るなよ。結果オーライだろ？　最近はどうなの？　暴走したりしてない？」

「暴走は……していないけど」

「菜々ちゃんがいれば、発情を受け止めてくれるから、自然と落ち着いていくと思う」

暴走はしていないけれど、毎日なかなか濃厚な夜を過ごしている。思い出すと恥ずかしいくらいの、ちょっと激しめの……

「はぁ……信じられない。まさか巽にコントロールされていたとは」

「恋のキューピッドって言ってほしいね。あっ……でも発情体質の改善方法を新しく考えたんだけど、知りたい？」

私はどちらでもいいけど、貴之さんは前のめりで知りたいと言った。

「どうすればいい？」

「それは……菜々ちゃんと子作りをすればいいんだ！」

「ええっ」

巽さんの理論としては、こうだ。

貴之さんが子孫を残したいという本能で発情していると仮定すると、その欲求をなくすためには、本当に子孫を残せば治るのではないか、という見解らしい。

「そんなの……なぁ……」

「う、うん……」

子どもを作るって……それって、結局は……その、エッチをしろってことで……

実は貴之さんは、どんなに発情していても避妊だけはしっかりしてくれていた。

二人して巽さんの前で顔を赤らめる。

「何、なに。二人してそんなウブな反応。やることやっているんでしょ、今さらそんなに恥ずかしがらなくても」

「いや、お前なぁ……」

「……ま、治らなくていいなら、そのままでいいんじゃない？　どちらにせよパートナーがいるんだからハッピーでしょ」

あっけらかんと話す巽さんは、私たちに向かってピースサインをして微笑《ほほえ》んだ。

「……巽さんって、私の想像しているお医者さまのイメージと全然違いました」

「そうなんだよ。医者にしては、軽いというか、なんていうか。それがいいところなんだけど」

帰り道、二人で手を繋いで歩きながら、巽さんのことを思い出す。

子作りしろだなんて……やっぱり恥ずかしい。

頭から湯気が上がってしまいそうなほど顔を熱くしながら貴之さんを見ると、彼も同じように恥ずかしそうにしていた。

「もしかして、同じことを考えてる？」

「……かもしれない」

これからもずっと一緒にいるし、いずれはそういうときが来たらいいなーと思っていたけど、今はちょっと恥ずかしい。

順序がバラバラで始まった二人だから、今度こそちゃんと順番通りに進んでいきたいのだ。

不意に貴之さんが足を止めた。

「今度、俺の両親に会ってくれる？」

「うん、いいの？」

「もちろん。それから菜々の両親にも会いたい」

「いいけど、本当にすごい辺鄙《へんぴ》なところに住んでるんだよ。行くまでに何時間もかかるし、家もサバイバルな感じだから引くと思う」

うちの両親の住んでいる離島のことを詳しく話すと、貴之さんは楽しそうに笑う。

「引かないよ。菜々を育ててくれた素晴らしいご両親に挨拶《あいさつ》したい。それで結婚の許しをもらったら……」

握っていた手の力がきゅっと強くなる。

「二人の赤ちゃん作ろう」

きゃーっ、と私は大興奮してしまう。叫びそうになるところを必死で堪《こら》えて、貴之さんの顔を見つめた。

「あぁ……私、ヤバいかも」

「どうしたの？　……菜？」

「今、すっごく発情した。ねぇ、貴之さん。早く家に帰ろう。……我慢できない」

そして、二人で手を繋ぎながら、私たちは急いでマンションに向かったのだ。

発情体質だった彼よりも、今は私のほうが発情しやすくなっちゃったかも。

——ねぇ、貴之さん。責任とってね……！

書き下ろし番外編

恋に落ちた上司は、激しく発情する

またもや、鴨《かも》が葱《ねぎ》を背負《せお》ってきた。……というより、家で待っていた。

週末、仕事の打ち合わせが入り、菜々を家に残して仕事に出かけていた。取引先の人たちと食事を済ませて帰宅したのが二十二時。

少し遅くなったが、まだ起きているだろう。早く菜々の顔が見たいと思いながら扉を開けると、そこにはうちの製品の缶酎ハイの空き缶が何個も転がっている惨事になっていた。

「貴之しゃぁん、おそいぞぉ」

「え……っ、菜々⁉ どうしたんだ？」

ひっく、としゃっくりをしてこちらを見ているのは、目が据《す》わっている状態で頬の赤い菜々だ。この転がっている空き缶……。全て飲んだのだろうか。

足元に転がる缶酎ハイは、まだ発売前の新商品。甘いジュースのような味でありながら、しっかりとしたアルコール度数のものだ。若い女性をターゲットにしたうちの会社の自信作なのだが――まさかそれを何本も空けてしまうとは。

「大丈夫か、呂律《ろれつ》が怪しいぞ。これ、全部菜々が飲んだのか？」

「しょうだよ～、菜々が飲んらの。おいちかった」

大丈夫か心配なのに、にへらと笑う顔が可愛くて全部どうでもよくなりそうになる。……が、いやいや、今は体の心配が先だ。

「これ、どうしたんだ？」

「会社から～テイスティングにどうぞって、もらったから、飲んだらねー、こんなになっちゃいましたぁ」

ニコニコと笑う菜々は、いつものようにタンクトップとショートパンツの上からパーカーを羽織っているのだが、するんとずり落ちて肩が露《あらわ》になる。

それを直そうとパーカーを掴《つか》もうとするが、その手の動きもふにゃふにゃで服を掴《つか》めず何度も空振りをしている。

「ほら、ちゃんと着て」

そう話しかけながら、彼女のパーカーを肩に戻すと、急に俺の手首が掴《つか》まれた。

「貴之しゃん、貴之しゃん」

猫のように俺の手に頬をすり寄せて、名前を呼んでくる。そして俺のほうに近づくと、ぎゅっと抱きついてきた。

菜々の重みで俺たちは床に倒れてしまった。これは相当酔っているな、と察して、水を飲ませて早く休ませるべきだと考える。

それなのに彼女は俺から離れようとせず、胸をぐいぐいと俺に押し当てながら抱きつき続けてきた。

「菜々。水を取ってくるから、一度起き上がろう」

「やら、もっと飲む」

「だめだよ、これ以上飲んだら、苦しくなるぞ」

「ねえ、貴之しゃん、今日はどこに行ってたの?」

あれ、急に話が変わった。と思いつつも、その質問に答える。

「今日は取引先の人たちと食事だって言っていただろ?」

「その取引先の人って、女の人だよね……?」

菜々の言うとおり、担当者の中には女性もいるが——なぜそんなことを聞いてくるのだろう。俺たちは同じ部署だから、相手のことは菜々も知っているはずなのに。

「中村《なかむら》さんのこと? 中村さんもいたし、それ以外の人も一緒だったよ。どうしたの、急に」

中村さんは菜々と同い年の女性だ。しかし彼女と二人きりで食事をしたわけではなく、中村さんの上司と同僚と、うちの会社の別部署の男性二人を含めた六人で集まっていたのに。どうして中村さんに引っ掛かっているのだろう。

「中村しゃん、貴之しゃんのこと、気に入ってるって聞いたの」

「……え？」

「だから、貴之しゃんが、中村しゃんのこと気に入ったらどうしようって……」

俺たちが付き合っていると知らない同僚伝いに、「中村さん、絶対桐谷さんのこと気に入っているよね」と噂されていることを耳にしたらしい。それで心配になった菜々は、今日の食事会に参加することを心配していた。

一人で待っている間、いてもたってもいられなくなる心を落ち着けるため、お酒を飲んでしまったというわけか……

「やらやら、私のこと飽きないで」

俺の首に手を回して、そう嘆《なげ》く菜々を抱き締めている間に、危険なスイッチが入りそうになる。

……いいのか、こんな状態の菜々に手を出しても。いや、だめだろう。今日はもう寝かせて、今度改めて時間を作るべきだ。

でも、無防備に胸を押し当ててくる罪な彼女を安心させてやるのが、恋人の役目ではないかとも思い始める。

心の中の天使と悪魔が俺に囁《ささや》いてきて、発情が相まって、俺の理性は崩れ去っていく。

「もうすぐ入籍するっていうのに、菜々はまだ心配なのか？」

「だって……貴之しゃん、最近……忙しそうで……あの、その……」

最近仕事が立て込んでいて、家でゆっくりする時間がなかった。菜々よりも早く出て、遅く帰ってくるし、仕事中も会議続きであまり顔を合わせていなかった。

だからって心変わりするなんて思われているのは心外だな。俺は菜々しか好きじゃないのに。

「すれ違っていたから、心配になったってわけ？」

「それも、そう……なんだけど、……エッチ、してなかったから、もしかして……私以外の人としてるんじゃないかって……。だって、発情デーがなかなか来ないんだもん」

菜々の言うとおり、前までは頻繁《ひんぱん》に発情デーがやってきていた。しかし菜々と付き合い始めてからメンタル的にも安定し、発情も爆発しなくなってきていた。

主治医の巽からも、いい傾向だと褒められていたくらいだ。

それは菜々が傍《そば》にいてくれて、安心して生活を送れているからだ。決して菜々に飽きたとか、そういうわけではないのに……もしかして菜々は少し物足りなかった？

「大丈夫だ、菜々が心配するようなことはないよ。それよりも、セックスの回数が減って不満だったのか？」

図星だったようで、菜々の返事が遅くなる。

「う……」

「菜々はもっとしたいんだ？　欲求不満だった？」

どれだけ忙しくても、週に二回は必ずしているんだが。もっとしたいって？

そんな欲張りな彼女を愛おしいと感じ、俺のことを求めてくれる気持ちを嬉しく思う。

「欲求不満……って、わけじゃないんらけど……貴之しゃんと、もっとくっつきたいっていうか……」

言いづらそうに話す菜々が可愛くて、完全に理性は消え去った。今はどうやってこの可愛い彼女を啼《な》かせようかばかり考えている。

いつもみたいに俺が攻めて気持ちよくさせるのもいいけれど、今日は彼女がしたいと言っているのだから、彼女に攻めてもらおうかと考える。

今までそんなふうにしたことがないから、きっといい刺激になるはず。

「くっつくだけでもいいの？　こんなふうに？」

菜々の体をぎゅっと抱き締める。細くて小さな体を俺の中に閉じ込めて、俺だけのものだと噛み締めるように包み込む。

これでも幸せを感じるけれど、俺たちはもっと感じる術《すべ》を知っている。

これよりももっと、だよな？

「……もっと」

「うん」

これでもいいけど、もっと相手を感じたい。その気持ちは同じようで、俺たちは顔を見合わせて口づける。柔らかくて甘い彼女の唇に引き寄せられて、何度もキスをした。

俺と他の女性が一緒にいることにやきもち焼いたんだ？

菜々が心配するようなことは一つもないのに……。というか、菜々以外の女性に興味が湧かないし、そもそも菜々のことが好きでこういう体になったくらいなんだから飽きるはずもない。

巽に言われていたとおり本能のまま子作りをすれば、この体質は治るだろうと思っているから、早く入籍して二人で思う存分愛しあいたいと思っているところだ。他の女性に目をくれている場合じゃない。

目の前の愛おしい彼女にキスをしながら、菜々への想いを膨《ふく》らませる。

この瞬間がすごく幸せで、愛されていることを実感できて満たされる。

「あ……貴之しゃん」

体が密着しているので、下半身の変化に気づかれてしまったようだ。相変わらず菜々にすぐ反応するそこは興奮し始めている。

「菜々とキスしていたら、こんなふうになったんだけど……どうする？」

菜々が誘ったんだから責任を取ってもらおうと、わざと意地悪に質問する。俺の上に乗ってとろとろの目をした彼女は俺のスーツに手をかけ始めた。

「私が……気持ちよくしてあげる」

羽織っているパーカーがまた肩からずり落ちて、白くて艶々《つやつや》の肌が現れる。その細い腕が動いて、指先が俺のネクタイを解《ほど》き出す。シュルシュルと衣擦《きぬず》れの音をたてながらネクタイを首から抜き終わると、次はシャツのボタンを外した。

「今日の菜々はいつもより積極的だな」

そう煽《あお》ってみるけど、恥ずかしがるより、こくんと素直に頷く。そしてシャツを開けさせたあと、俺の胸板に顔を埋《うず》めて肌の上をペロペロと舐《な》め始めた。

「だって、したかったんだもん。貴之しゃん……好き」

くそ……可愛いな。

いつもは立場が逆だし、こんなふうにされることは滅多にない。俺が誘導してこうなることはあっても、菜々から自発的にされるのは久しぶりだ。

「……っ、くすぐったい……」

菜々のサラサラの髪が俺の肌の上をかすめ、熱い舌が胸元を這う。そして乳首を見つけると、そこを美味《おい》しそうに舐《な》め続けた。

「菜々……俺も好きだよ」

夢中で舐《な》めて、吸って、転がして——俺を翻弄《ほんろう》してくる。いつからこんなふうにいやらしく舐《な》められるようになったんだ？

時折、俺のほうを向いて微笑みかけてくる顔がとてつもなく可愛くて、その表情に胸を撃ち抜かれる。肉体的な気持ちよさと、菜々の愛らしさにやられていると、彼女の手が下のほうに向かっていることに気づいた。

酩酊《めいてい》している勢いなのか、彼女は俺のスラックスに手を伸ばすと布の上から擦《こす》り始める。このまま菜々のしたいようにさせてあげたら、どういうことになるのか楽しみになってきて何も言わないことにした。

「貴之しゃん……脱がせていい？」

「いいよ」

早く見たくて仕方ないというように、菜々は俺の服を全部脱がせていく。下着も何もかも脱がせると、膨張した屹立《きつりつ》へ顔を近づけた。

「ん……」

何の躊躇《ためら》いもなく顔を寄せて唇を押し付けてくる。菜々の柔らかい唇が何度も押し付けられたあと、小さな舌が茎を舐《な》め始めた。

「……っ」

屹立《きつりつ》を舐《な》めて濡らしたあと、咥《くわ》えて愛撫《あいぶ》を続ける。以前、どうすれば気持ちいいのか聞かれたときに俺好みの動きを教えた。それを覚えた菜々は、とても口淫《こういん》が上手で俺をすぐに気持ちよくさせるようになってしまった。

いやらしい音をたてて、俺のものを舐《な》め続ける。喉の奥まで入れてみたり、先端を舐《な》めながら手で扱《しご》いたりしている様子を見ていると、だんだん余裕がなくなってくる。

「菜々……」

名前を呼んで、もうそろそろ終わりにしてほしいと合図すると、菜々は素直に口を離した。

「気持ちよかった？」

「うん、すごく。ありがとう」

「今からもっと気持ちいいことしてあげるね」

「……え？」

何を言い出したのかと思っていたら、菜々は自分のショートパンツを脱ぎ、そのまま俺の上に跨《また》がるようにして屹立《きつりつ》を呑み込むように腰を落とした。

「……っ、あ」

思わず声が出る。菜々の蜜口は、全然愛撫《あいぶ》していないのに蜜を垂らして俺を迎え入れる。熱くてとろとろの中に包み込まれて腰が砕けそうなほどの快感が広がった。

まだ解《ほぐ》してないのに……中がすごく熱い。

「あ、ああ……貴之さん……っ」

これが欲しかったと言うような恍惚《こうこつ》とした目で俺を見つめ、最後まで受け入れた菜々は、ゆっくりと腰をグラインドさせる。そのたびに蜜音がして、俺たちの結合部を潤滑《じゅんかつ》させていることを知らせる。

「……く、……っ」

菜々の腰遣いが激しくて、すぐに達してしまいそうなほど気持ちいい。前後に滑《なめ》らかに動かして、俺のものを中で味わうみたいに動く菜々がいやらしくて、視覚効果も相まって追い込まれる。

このままでは、すぐに終わってしまう。菜々がこんなにいやらしくなってくれているのに、すぐに終わらせるなんてもったいない。もっと彼女を悦《よろこ》ばせてあげないと。

「菜々……ここがいいの？」

「ああっ！　貴之さ……ぁっ」

自ら腰を動かして好きな場所に当てていることに気づいた俺は、下から腰を動かしてそこを刺激し始める。自分で動くよりもよく当たっているみたいで、菜々の声色が一瞬で変わった。

「気持ちよくしてくれたお礼に、もっといっぱいしてあげる」

ズンズンと突き上げながら、気持ちいい場所を擦《こす》るようにしていると、菜々が涙を浮かべながら喘《あえ》ぎ出した。この反応をすると、このあとどうなるか知っている。彼女の体を知り尽くした俺だからできること。溺れるほどの快楽を与えて、本能のまま求め合う時間だ。

「菜々、好きだよ。俺は、菜々だけだよ」

「ほん、と……？」

「本当だよ。菜々にしか欲情しない。だから、菜々……もっと」

やきもちを焼いてくれるのは、菜々も俺のことが好きだからなんだと実感できるから嬉しい。でも疑心暗鬼になってストレスを抱えられるのは嫌だ。だからたっぷりと安心させてあげないと。

「早く入籍して、俺の奥さんになって。そうしたら、もっともっと可愛がるから」

甘い言葉とは裏腹に、激しく揺さぶってぐちゃぐちゃにかき混ぜる。俺の上で啼《な》く愛しい人を眺めながら、俺も高ぶっていく。

ああ、いい。その顔。どうしようもなく感じているその顔が好きだ。

俺にしか見せない女の顔にゾクゾクしながら、腰を動かし続けた。

「あ、ああ……っ。もう、イっちゃう……」

「ほら、脚《あし》開いて。ここも弄《いじ》りながらじゃないと、だめでしょ」

「ああっ、あん……そんなの……ああっ……」

俺が言う通りに体を反《そ》らせて脚《あし》を広げて、繋がった場所を見せるような体勢にさせる。

俺を受け入れている場所の少し上にある可愛い蕾《つぼみ》を指で刺激すると、菜々はとろとろの困ったような表情をしながら俺を見つめた。

「それ……ダメなの……ぉ、すぐにイクから……ああっ」

「知ってる。でもこれじゃないと満足できないでしょ？」

腰を振りながら花芯も弄《いじ》ってやると、限界がすぐにやってくる。菜々の中が俺のことをきゅっと締めつけて絶頂へと向かった。

「ああ、ああん……あ、あ――」

菜々が昇りつめたのを見届けて、中から俺のものを抜くと、愛液が飛び散る。最初のころはこんなことはなかったのに、回数を重ねるにつれて菜々の体はこんなふうになった。

俺がそうしたのだと思うと嬉しくて、いつもたくさん気持ちよくさせたくなる。

「貴之さぁん……床が濡れちゃったよぉ……」

「いいよ、後で掃除するから。それより、俺はまだ満足していないんだけど？」

「ふえ……」

菜々の体を引き寄せ、もう一度俺の上に乗せる。開《はだ》けていた上の服を全部脱がせて、ぎゅっと抱き締めた。

欲求不満にさせてしまった詫《わ》びを、これだけで返せたとは思わない。きっともっと激しいものを望んでいるに違いないから、彼女がもうお腹いっぱいだと降参するまで止められない。

「今からベッドに行こうか。まだまだ終わらないけど大丈夫？」

「うん、いっぱいするー♡」

まだ酔っている菜々は、ふにゃりとした笑顔を浮かべて俺にキスをする。酔いが醒めるまでずっと愛するつもりだと気づいていないのだろう、この可愛い恋人は。

ベッドに移動したあとも、意識を飛ばすくらいの激しい交わりが続いた。お酒の力を借りて、大胆になった菜々をたっぷりと可愛がってあげる。彼女が疲れて眠るまで。

翌日になって、この惨事を知ったらどう思うだろう。きっと禁酒したいと言い出すかもしれないなと想像して、俺は顔を緩《ゆる》ませた。

恋愛小説「エタニティブックス」の人気作を漫画化！

Eternity COMICS

恋は忘れた頃にやってくる

原作 藍川せりか Serika Aikawa
漫画 蒼井みづ Mizu Aoi

過去の恋愛のせいで、イケメンが苦手な琴美《ことみ》。ある夜、お酒に酔った彼女は社内一のモテ上司・青山《あおやま》と一夜を共にしてしまう！　彼が転勤するのを幸いとなかったことにしたつもりだったが……なんと二年後に再会！　強引さがパワーアップした彼に仕事でもプライベートでも迫られるようになって——!?

B6判　定価：704円（10%税込）　ISBN 978-4-434-25445-1

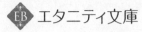

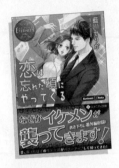

本書は、2018 年 10 月当社より単行本として刊行されたものに、書き下ろしを加えて文庫化したものです。


この作品に対する皆様のご意見・ご感想をお待ちしております。

おハガキ・お手紙は以下の宛先にお送りください。

【宛先】

〒 150-6008 東京都渋谷区恵比寿 4-20-3 恵比寿ｶﾞｰﾃﾞﾝﾌﾟﾚｲｽﾀﾜｰ 8F
（株）アルファポリス　書籍感想係

メールフォームでのご意見・ご感想は右のＱＲコードから、
あるいは以下のワードで検索をかけてください。

アルファポリス　書籍の感想　検索

ご感想はこちらから

エタニティ文庫

発情上司《はつじょうじょうし》と同居中《どうきょちゅう》！

藍川《あいかわ》せりか

2021年10月15日初版発行

文庫編集－熊澤菜々子
編集長－倉持真理
発行者－梶本雄介
発行所－株式会社アルファポリス
〒150-6008 東京都渋谷区恵比寿4-20-3 恵比寿ｶﾞｰﾃﾞﾝﾌﾟﾚｲｽﾀﾜｰ8F
TEL 03-6277-1601（営業）　03-6277-1602（編集）
URL https://www.alphapolis.co.jp/
発売元－株式会社星雲社（共同出版社・流通責任出版社）
〒112-0005 東京都文京区水道1-3-30
TEL 03-3868-3275
装丁イラスト－白崎小夜
装丁デザイン－AFTERGLOW
（レーベルフォーマットデザイン－ansyyqdesign）
印刷－中央精版印刷株式会社

価格はカバーに表示されてあります。

落丁乱丁の場合はアルファポリスまでご連絡ください。

送料は小社負担でお取り替えします。


ISBN978-4-434-29481-5 C0193